Milutin Cihlar Nehajev

Bijeg

ROMAN

Urednik
B. K. De Fabris

HRVATSKI KLASICI

Sadržaj

I.

Kišovit, mutan dan utapljao je u poluprozirnu maglicu velegrad. Jednolične, ogromne plohe kućnih pročelja pojačavale su dojam mrtve težine što se slegla na ljude i stvari.

"I baš na ovakav dan moram da putujem" — mislio je Đuro Andrijašević uspinjući se sa malom prtljagom na tramvaj. Kroz mokra stakla tramvajskih kola još se jadnijom vidjela ulica predgrađa kuda vodi put na kolodvor južne željeznice. Vlaga kasnog jesenskog dneva upijala se u same kosti i odražavala se pače na licima suputnika koji su, drhtureći od zime, sasvim zaboravljali svoju navadnu bečku brbljavost.

Andrijaševiću je od mladosti ostala neka čudna odvratnost proti svakom putovanju: I inače on je volio mir, pa se je veoma lako složio s davnim običajem đačkim: prosjediti čitave dane u kavani i kretati se na uskom prostoru između sveučilišnih zgrada i stalne gostione. Sa smijehom znao bi pričati kako je tek poslije tri mjeseca boravka u Beču bio pošao da vidi glavnu ulicu carskoga grada.

No ova njegova lijenost nije ni samomu njemu mogla razjasniti zašto ga se tako silno doimlje svaki odlazak. Spremanje odijela, rublja i knjiga, neprilično putovanje u trećem razredu željeznice — sve je to bilo neugodno; ali povrh toga: Andrijašević bio je kod svakog odlaženja upravo bolesno nervozan. Najluđe misli o putu u neku nesigurnu i strašnu neizmjernost, o beskućništvu, o vječnom nepokoju — dolazile mu na um. Dobro se sjeća kako je posljednji put, kad su ga Hrabarovi pratili u Beč, na kolodvoru u Zagrebu bio prema svima, pa i prema svojoj zaručnici, upravo nepristojno hladan. Silio se da sakrije nervoznost, a nije mogao. U samoj gostioni kolodvorskoj, kad je već sve bilo u redu i samo se čekao odlazak vlaka, njega je svaka minuta tako uzrujavala, da mu je to Vera kasnije u pismu spočitnula. Đuro je odgovorio i mučio se da joj objasni "to svoje nesretno raspoloženje", ali ni sam nije mogao da nađe pravih riječi. "Meni se pričinja kao da je u svakom odlaženju nešto užasno tajnovito; kao da zbilja iza nas ostaje komad života koji nigda, nigda više ne možemo dostignuti. I strah me hvata — strah, kao da ću u onom novom svijetu u koji hrlim naći nešto nepoznato i novo na što se neću moći priučiti. Možda je sve to posljedica dojmova iz djetinjstva; ja sam svoga oca viđao vrlo rijetko, po dan—dva, i uvijek se taj susret svršavao odlaskom kod kojega smo svi imali vlažne oči. Otac se je već bio privikao na to da neprestano "odlazi", kako zahtijeva služba pomorskoga kapetana. No u mojoj duši ostale su jako upisane te slike vječnih suznih oproštaja"... Dalje je u pismu nanizao nekoliko isprika koje je Vera rado primila i umirila se; no gospođa Hrabarova nije još dugo vremena poslije toga htjela da razumije Andrijaševićevo ponašanje i u slijedećoj zimi energično zahtijevala da Vera ide na plesove, što djevojci nije bilo pravo makar zaruke nisu još bile javne.

— Ja sam uvijek bila protivnica tih đačkih ljubavi. A kad već hoćeš da bude na tvoju, ipak ne trebaš da se vežeš odviše.

Kad je Andrijašević dobio obavijest da će Vera ove godine ipak ići na "samo tri" plesa, nije znao da je toj odluci gospođe Hrabarove najviše kriv njegov posljednji oproštaj u Zagrebu. Zato je na ovo pismo Verino odgovorio tek iza tri tjedna, ispričavajući se prilično hladno da ju "nije htio smetati u zabavi", što je Verinu majku još jače utvrdilo u uvjerenju o pogiblima "đačke ljubavi", a Veru stajalo dosta suza u korizmi.

Današnji odlazak činio mu se još težim nego obično. Jedva je izdržao da ne sađe sa tramvaja. Zatvoren u uskom prostoru sa mnogo suputnika koji su se gurali da dohvate kožnat pas što služi za odupiranje, osjetio je najednom takav nemir da su mu se svi ljudi pričinili kao neka sasvim strana bića koja su poslana tek zato amo da mu smetaju. Morao je izići van i tu je, tresući se od zime i gotovo očajnički uživajući u vlastitoj boli, čekao kad će kondukter opet udariti o zvono. Činilo mu se da svaki udarac prolazi kroz mozak i jedva se malo savladao našavši zabavu u tom da s nekim ironizovanjem samoga sebe broji udarce.

Smirio se jedva kad je vlak prešao prvu od bezbrojnih stanica bečke okolice. U pretoplom kupeu obuzme ga doskora ugodni umor; začas upane u polusan, čujući kraj svega toga sasvim jasno jednaki štropot kolesa. U buku miješale su se svježe uspomene prošle noći kad se je oprostio sa drugovima, spomen na bezbrojne nazdravice i konačno "hodočašće" po svim noćnim lokalima kuda je njegovo društvo obično zalazilo. Baš kad ga je usred ovih sjećanja stala hvatati omaglica iza koje dolazi san, osjeti na svom ramenu ruku konduktera koji je tražio kartu.

Andrijašević se u taj par sjeti da nije Hrabarovima ništa javio o svom odlasku. "Ah, šta, pisat ću kartu iz Pešte" — umiri sam sebe i smjesti se, kako je bolje mogao, u kut, naturivši šešir na oči.

*

Kad se je probudio, bilo je vani već sasvim tamno. Pri nemirnom i slabom svjetlu plina Andrijašević opazi uza se nova lica. Dva mladića stajahu na suprotnoj strani kupea, razgovarajući hrvatski. Andrijašević doskora dozna da su također đaci, vraćajući se kući u južnu

Ugarsku. Premda inače u željeznici nije rado sklapao poznanstva, učini mu se da će biti zgodno proboraviti u društvu dosadna dva sata čekanja na peštanskom kolodvoru. Tek što se bio razvio razgovor (naravno o politici, o čem je Andrijašević doduše nerado govorio ali ga zaokupili mladići), vlak stigne na središnji kolodvor. Ure prođu dosta brzo, Andrijaševiću pače bude ugodno kad se kasnije pokazalo da jedan od dvojice njegovih suputnika pozna njegove književne radove. Doduše — iza toga morao je da odgovara na dosadne upite o književnim prilikama i da sudjeluje u razgovoru o "kulturnom zbliženju" u kojem se mladići pokazaše silni idealiste; no ipak — kad su se obojica iskrcali tri sata od Pešte, Andrijaševiću bude žao što ga ostavljaju. Imao je da se vozi još čitavih dvanaest sati, a znao je dobro da mu neće uspjeti prospavati veći dio toga vremena.

San mu zbilja nije više dolazio na oči. U posljednje vrijeme, iza napravljenih doktorskih ispita proživio je toliko proslava, da je svaki dan dolazio kući u zoru. Makar je sad bio umoran, nije mogao da zaspi, vičan probdjeti noć. Uza to ga stala mučiti misao da ni iz Pešte nije poslao kartu u Zagreb. "Napokon, to im moram javiti... A ako me čekaju?... Poslije doktorata sigurno su držali da ću najprije do njih".

Malo — pomalo, Andrijaševiću stanu se narivavati misli koje je već dugo odbijao. U sve zadnje dane svoga boravka u Beču nije htio da se "tim" bavi; ali sada je "to" sve oštrije istupalo preda nj. Znao je da valja nešto učiniti, da treba "riješiti stvar". Bio je sebi svjestan da ne radi lijepo što evo putuje u Slavoniju k prijatelju a ne ide u Zagreb, gdje su sigurno računali da će kao doktor doći i službeno zaprositi Veru.

Zapalivši cigaretu, ustane i pokuša da gleda van. Ali neprozirna noć nije davala razaznati ni zidove kuća uz prugu. Samo gdjekad, u dugim razmacima, zabljesnula bi koja svijetla točka.

"Crn je to put" — pomisli Andrijašević i sjedne opet na klupu, zagledavši se u plameni jezičac svjetiljke.

..."Čudno je da baš ja moram ostati sam u vagonu. Da je bilo tko tu, govorilo bi se... ne bih trebalo da mislim... Napokon, prije ili kasnije... Svakako — nije lijepo od mene; ali što da radim? Doći pred nju i reći joj da još uvijek nije ništa postignuto?...

"Glupe brige uostalom. Koliko ima ljudi koje zateku i jače nevolje — pa se ne ubijaju od skrbi. A ovo je ipak tako jednostavna i naravna stvar. Ne može biti drugačije — i eto! Valja misliti da se sve nekako uredi...

"Istina je, ja bježim od njih. Ovo putovanje u Slavoniju oni će upravo tako shvatiti. Osobito stara. Imat će i pravo".

"Ipak je ovako bolje. Da sam sutra u Zagrebu, išao bih k njima kao obično. Svi bi čestitali a onda bi sigurno stara predložila da odemo u šetnju ili bi već štogod smislila da ostane sa mnom nasamu. Tu bi onda došlo odmah na red pitanje o zarukama. To je još najmanje; ja Veru ne mislim... (tu se Andrijašević sam trgne u mislima; bojao se dokrajčiti: ja Veru ne mislim ostaviti), ja znam što sam joj dužan; ali stara će opet doći s istim pitanjem, kao što je bilo onda kad joj je Vera priznala našu ljubav. "Od čega živjeti?" A ja ću morati reći da ne bih bio svršio tako naglo nauke nego bih bio odmah pravio i profesorski ispit, da nije umro taj nevoljni stric Toma. "Profesorska plaća, to je, dragi moj, ništa", veli stara i ima pravo. A sad? Stric Toma je umro i ostavio zaduženu kuću, a mi smo svi mislili da će za njim ostati imutak...

"Strašno je biti ovako odvisan. Englezi sigurno ne računaju tako na baštine. Glupost! Što meni tu na um dolaze Englezi! Svejedno, prava je sramota: ja sam eto čitav svoj budući život osnivao na toj misli o imutku kojega sad nema.

"U što je stari stavio svoje novce? Sigurno je za života prokartao polovicu. Ili ne; možda nije nikad ni imao ništa. Kod nas u Primorju ljudi imaju pedeset forinti penzije i dvadeset rente, pa vrijede za imućne. A on je k tomu bio samac. I sad nisu ostale iza njega ni dvije hiljade. A blaženi čovjek slao je meni na mjesec četrdeset forinti.

"U našim obiteljima je jako zlo što se nikad ne zna koliko posjedujemo. Otac ne kaže sinu ništa o svojim poslima. (Ja sam najednom strašno poslovan.) Da mi je pokojni Toma bar što kazao... Bilo bi svejedno kasno...

"Ipak sam trebao pisati prije nego što sam otišao iz Beča. To nije ni pristojno. Do đavola, da nema toga lumpanja! Danas rigoroz, sutra proslava, prekosutra skupština i tako dalje; nikad časa mira da bih mogao lijepo razmisliti.

..."Pa što da se i misli? Nevolja se tim neće promijeniti. Zbilja je dobro što ne idem u Zagreb. Stara me ionako ne voli; znalo bi se još dogoditi da mi spočitne koješta. Ona je čekala da ću ja već ove godine doći po Veru; mogla bi me još i oštro dočekati. U pismu se sve dâ bolje razložiti. I stara i Vera vidjet će da je zasad najbolje ovako kako sam ja učinio — pa će se umiriti, dok napravim ispit. Vera će već pred materom braniti moje razloge; da ja sam govorim sada sa starom, mogao bih se još i posvaditi s njom. Da, bolje je što idem u Zdence. Ali iz Broda ipak moram da im pišem kartu."

Andrijašević imao je navadu sve svoje misli izražavati riječima; tako je i sad gotovo glasno završio razgovor sa samim sobom. I rekavši sam sebi da će se sve još dobro riješiti i da će poslati kartu, baci cigaretu i zaklopi oči. Ali je i sam dobro znao da ovi razlozi što ih navodi pred samim sobom kako bi bar donekle uljepšao svoj postupak, nisu ništa drugo nego nevoljne isprike, kojima sebe zavarava. U dnu duše govorilo mu je nešto: to nije nikakvo rješenje, ti samo odgađaš stvar, a znaš da o tom ovisi Verina sreća. Na ovo je odgovarao glasno da zatomi neugodnu misao: Ta ja ne mogu drugačije raditi!

I kad nikako nije mogao da nađe mira, zapali opet cigaretu (uzak prostor bio se već sasvim napunio dimom) i stane sebi u mislima govoriti upravo kao da sâm svoju obranu kazuje pred nekim nepoznatim slušaocem.

"Stvar je sasvim jednostavna. Đak Đuka Andrijašević u trećoj godini sveučilišta i gospođica Vera Hrabarova upoznaju se i zaljube. Gospođici je dvadeset i jedna, đaku dvadeset i jedna i po. Ljubav, priznanje majci. Dozvola dopisivanja. Inače pred ljudima mora ostati sve tajno. — "Kako ćete živjeti?" — "Imam strica koji će mi namrijeti nešto." Đak Đuka još je mlad; gdje da on računa koliko treba mjesečnog dohotka za brak! "I moj književni rad nosi nešto". (Bože, kako sam onda još mnogo vjerovao!) Dakle sve skupa: plaća i ostalo neka bude oko sto pedeset forinti. "Vjerujete li vi to?" Đuka je svojoj budućoj punici kazao da je to sigurno; no ona je jednako ostala nekako vrlo nepovjerljiva. Ali Vera je kuražan dečko i tako nije bilo druge nego da se dopusti dopisivanje.

"To je bilo pred četiri godine. (Hu, već su četiri godine od toga — strese se Andrijašević usred svoga plaidoyera.) Đuka je malo zakasnio s ispitima, i sad je napravio doktorat samo da bar nešto svrši i da ode u službu, jer stipendije više nije mogao dobiti: stric Toma je umro. Umro i ostavio dvije tisuće otprilike, i to majci Đukinoj a ne sinovcu.

"Sad je jasno da se mora što prije otići u službu i napraviti ispit; onda je opet sve u redu. ("Onda" znači dvije godine, možda i tri — istina je; ali je sigurno). Poslije toga stignut ćemo ipak do sto forinti plaće, pa zato ne koristi ništa rezonirati.

"A ako to staroj bude predugo?"

Andrijašević se tu strese: prvi put sasvim jasno predoči sebi da još ima jedno rješenje: da mu Hrabarovi vrate obvezu i udadu Veru za koga drugoga.

*

Zaludu, ta nova misao nije se dala otjerati. Drugi dan, kad je vlak prije podneva (dva sata, kad ima da stigne u Brod, nikako nisu htjela da se približe) hrlio po beskrajnoj ravnici, prekinutoj načas šumama koje su od debele kiše i olovnatog neba bile sasvim tamnozelene, gotovo crne, Đuro je promatrao okoliš, pust i sumoran, i bivao sve žalosniji. "Nisam više mlad, pa zato me se sve tako doimlje. To je zbilja bila luda ideja, drndati se dvadeset i četiri sata do Broda. A najluđe je, što nema nikakva vidika; ravnica još samo zgušćuje misli. Svakako: moj ulaz u život nije najljepši."

Putnici se mijenjali, ulazili i izlazili; ali Andrijašević nije bio od volje da se s kim upozna. Sasvim se podao sumornosti pa je na mahove kao zaboravljao da će uopće ikad stignuti na cilj. Činilo mu se da to putovanje zbilja nema kraja — i taj domišljaj najednom mu se pače svidi. Brze i nesvezane misli stanu mu se vrsti glavom: o putovanjima u Sibiriju, o nekom filozofu koji je uvijek šetao po željezničkim tračnicama, pa odmah zatim o dvojici — trojici profesora iz gimnazije, zatučenih u malogradskom životu, sa vječno istim brigama i nikakvim nadama. Padne mu na pamet kako je negdje u Turgenjevu čitao ovakvu otprilike izreku: "Mladići sjedjeli su u društvu, pili čaj i jeli stare kifle; kako se tu govorilo o idealima, o budućnosti! — a nisu ni slutili jadni da će taj i onaj od njih preturiti život ig— rajući preferans i pravdajući se sa malogradskim ljudima."

"Valjalo bi uopće malo više promozgati sve što me čeka. Ja sebi o životu nikad nisam pravo davao računa. Ide dobro — i basta, kako bi govorio pokojni Toma. Ali sad je počelo zlo ići. Zlo? Nije baš strašno, ali je preobično. Uh, samo da dođe Brod! Toša je veseo filozof: on bi odmah našao za sve to svoju formulu. Samo je istina i to da se život ne da strpati u formule. I moj je položaj sada vrlo jednostavan; — a ja se to sate i sate mučim bez uspjeha da pogodim što bi bilo najbolje.

"Najbolje bi dakako bilo prepustiti se vremenu. Kad bi se ticalo samo mene, bilo bi lako; ali ovako..."

Andrijaševiću dođu na um ljudi s kojima je svezan njegov život. Slike začnu se redati, budu življe; i cijela prošlost preleti mu ispred duše brže nego što je iza prozora nestajalo drvlja i kuća.

*

... Kapetanu Bartolu Andrijaševiću rodio se sin kad je poslije dvadeset i pet godina potucanja po svim morima konačno došao kući i ostao kod kuće. Prijateljstvom jednog višeg činovnika na riječkom gubernijatu dobio je službu lučkog kapetana u Kraljevici i tu završio dane, obavljajući dosta nespretno službene formalnosti i dajući sinu, čim je dorastao do pučke škole, ispisivati arke o svjetionicima i barkama. Inače ga se Đuro slabo sjećao; visoka, tvrda prikaza sa licem široka smijeha i silnih zubi, nije se pravo ni upiljila u njegov mozak: otac je umro kad je "malomu" bilo tek osam godina. Mati nije poslije smrti očeve izišla iz crnine, preselila se na Rijeku i tu iznajmljivala sobe đacima. Za Đuru bilo je od prvih dana škole određeno da će ga dati na nauke. Nitko nije ni sumnjao da će od dječaka biti nešto izvanredno. Sa pet godina Đuro je već razumio i znao više nego "đaci" koji su svršavali pučku školu. Sve je gledalo u njem neko gotovo čudovište, osobito otkad su u gimnaziji profesori potvrdili da takva talenta nije bilo za njihova vremena u školi. Još jače se raširi to uvjerenje kad su u omladinskim listovima počeli izlaziti neki Đurini književni pokušaji; sa sedamnaest godina vrijedio je već i u očima sudrugova i kod profesora kao sigurna buduća veličina.

Više od svih bila je o tom uvjerena njegova mati. Kći negda imućne trgovačke obitelji, bila je odgojena u tršćanskom zavodu i postigla naobrazbu veću nego što je potrebna običnoj našoj građanskoj ženi. Napori života izbrisali su mnogo što od negdašnjeg sjaja o kojem su govorile njene svjedodžbe; ali ipak je u nje ostalo veliko shvatanje upravo za sve ono čim se najradije bavio njen sin. Kad joj je ostao jedinac (dvije starije sestre, udate u Primorju, pomriješe u istoj godini), njen osjećaj za Đuru i briga za njegov napredak još porastu. Koliko je mogla, podupirala je sama sina, kupovala mu knjige, dala ga izučiti glasovir; a pomagao joj je i stric Toma koji je bio bez obitelji, pa je Đuku zavolio kao svoje dijete. Njemu za volju zvali su ga i Đurom, što nije obično ime u Primorju (jer je Toma, budući prije trgovac drva u Lici, htio na svaki način da ga tako krste i ljutio se kad bi Bartol viknuo svoga "Juru"). U obitelji bilo je već kao stalno da će od tjelesno inače dosta slaboga dječaka postati slavan muž; a to je potvrdila i teta Klara koja je — sjećajući se da se je sa majčine strane sva obitelj sastojala od duševno silno razvitih ljudi što su ipak više ili manje pustolovno završili život — važno kazala: Od ovoga dječaka bit će ili nešto ili ništa.

Život je Đuri u gimnaziji prolazio naokolo bez potresa; u osam godina on se upoznao sa čitavom bibliotekom knjiga i kad je — još pred maturu — u Vijencu izašao njegov prvi oveći rad, svi su se čudili formalnoj savršenosti koju je imao taj početnik. Samo silnom vježbom i neprestanim čitanjem svih mogućih knjiga koje je mlada, znanja željna, duša upravo gutala, dalo se to postići. Nije čudo što je uz takvo nastojanje vanjski život mladiću protjecao sasvim mirno, te ga nisu osobito privlačili pothvati pustopašne mladosti u kojima bi njegovi drugovi (Primorac đak razvija se naglo i rano) nalazili zabave. Smisao za lijepu knjigu i muziku (u svojoj šesnaestoj godini bio je već priličan glasovirač) vezao ga uz kuću. Ipak — unutrašnji život Đurin bio je bujan i raznolik; makar da nije doživljavao nikakvih silnih događaja, mladenačko doba bilo je za nj vrijeme jakih kriza koje su udarile biljeg svemu njegovu kasnijemu naziranju na svijet.

*

Dvije su stvari kroz sve godine mladenaštva mučile dušu Đurinu. U dvanaestoj godini, kad je prvi put iz razgovora starijih drugova sasvim jasno razabrao odnošaje između muža i žene, strašno je ta novost potresla čitavim njegovim bićem. Mati koja ga je uzgojila kao samotnu biljku, čuvajući dječačića od dodira ulice, bila je u nj ulila jaki religiozni osjećaj koji je još narastao pod dojmovima sve jasnije shvatanih obreda i primljenih vjerskih utjeha. A spoznaja o toj užasnoj tajni, koju — tako se činilo dječaku — skrivaju svi ljudi jer je gadna i nedostojna čovjeka, ta je spoznaja došla baš iza prvi put primljene svete pričesti, gotovo neposredno iza dana kad se je Đuri činilo da zbilja stoji u krugu anđela. U ekstazi išao je tada, na dan svetoga Alojzija, sa drugovima u ophodu ispod trijemova starinske crkve, osjećajući blaženstvo dodira sa samim Bogom.

Je li moguće da taj veliki, svemožni, predobri Bog trpi takvu strahotu? Činjenica rasploda priviđala se mladiću profanacijom duše, žigom čovječanstva. Užasna je lomljava nastala u njegovoj unutrašnjosti; načas bilo mu je da on — pravo još dijete — posumnja u istinu o božanstvu koje je tako istočnim grijehom ponizilo ljude. "Ne, ne — to nije moguće", govorio je sam sebi i mučio se da bilo u koga nađe potvrde da to zbilja nije moguće. Da pita koga od svojih bliskih, nije se ufao; činilo mu se da bi morao zamrziti majku ili otići od nje kad bi od nje doznao da zbilja takvom uređenju svijeta ima zahvaliti svoj opstanak. Ne iz znaličnosti dječaka u koga se razvija prvi poriv muževnosti, nego upravo od bijesne želje da dokaže svojim drugovima i svojoj sumnji: ne, nije tako — dao se na traženje po svim knjigama koje bi mu o tom mogle što reći.

Dugo nije htio da vjeruje izrekama koje su potvrđivale sumnju. Gotovo dvije godine trajao je u njegovoj duši boj između misli o nebeskom, netaknutom životu koji postižu ljudi čista i dobra srca, i sve jačeg uvjerenja da je taj život nedostižan, jer je vlastiti naš organizam, udešen od boštva, podvrgnut zakonima prirode. A kad je konačno iz svojih grešnih sanja i iz knjiga kojima nije mogao reći da lažu, doznao istinu, sva njegova religioznost prometnula se u pravo mladenačko razorno maštanje. Pohlepno se bacio na čitanje Büchnera i sličnih knjiga, jer mu sc činilo, da dvojc Bog i tako strašna priroda — ne može postojati jedno uz drugo. Sasvim drugačijim očima stao je gledati svoju majku, rođake, sve ljude; a riječi o veličini nauke

Spasiteljeve, koje su negda iz usta duhovnika na nj silno djelovale, slušao bi sa neprestanim porugljivim referenom u duši: jest, kad ne bi "onoga" bilo...

A "ono" stalo se javljati i kod njega sve snažnije. U to vrijeme sprijatelji se silno sa jednim svojim drugom koji je vrijedio kao gotov književnik, jer su od njega u podlisku pokrajinskog listića bile izišle neke ljubavne pjesmice; gotovo se zaljubi u nj, prateći ga kao vjeran satelit i pazeći na svaku njegovu riječ. Tad mu dopane ruku knjiga o spolnom razvoju, u kojoj bijaše pisano da se prvi porivi nagona obično obrazuju u takvim prijateljstvima; Đuri bude užasno, i gotovo zamrzi na svijet. Postane melankoličan; i doznavši za običan grijeh mladosti, stane sumnjati u vrijednost svakog života. Nedozrela svjetska bol, što se tako često rađa iz neupotrijebljene mladenačke energije, prometne se kod njega u neku vrstu mizantropije koja ga je pomalo opet dovela k izgubljenom Bogu. Religija, sa uzvišenom mišlju o odricanju i o čistoći, sa trpećim Kristom i neokaljanom Djevicom, privuče ga opet; i kad se je prvi put zaljubio ("ona" nije nikad ni doznala za tu ljubav), spojio je u svojoj mašti s tom ljubavlju misao o nekom čistom, od svijeta odaljenom čuvstvu koje nema nikakve veze sa "običnom" ljubavi ljudskom.

Tada se prvi put u njemu smirio život sa idejom o Bogu: uredba svijeta ne učini mu se više strašna, jer se — kako mišljaše — može iz nje izbrisati "ono" i jer život tek po takvom anđeoskom osjećaju dobiva ljepši, pravi smisao. Idealna strana ljubavi nije gotovo nimalo trpjela od toga što su njegova čuvstva ostala odabranici nepoznata i po tom neuzvraćena; tu svoju muku mladić je pretvorio u stihove i zadovoljio se — kad se "ona" udala u Trst — uspomenama na slatke časove prošlog ganuća.

U to vrijeme općini ga žeđa za slavom. Prvi književnički uspjesi podadu njegovu mišljenju novi pravac. Misao o radu za dom i rod, koja se je prije lijepo dala složiti s nazorom o životu čistom, životu za druge, u prvom redu za svoje sunarodnjake, ta je misao sada dobila sasvim izrazit oblik: raditi na književnom polju, koristiti općenitosti svojim slavnim djelima. Pred tim novim idealom sasvim uzmakoše stare sumnje; — i tako je Đuro Andrijašević dočekao svoju osamnaestu s nešto taloga u duši, ali sa mnogo nada i mnogo vjere u vrijednost svoga budućega djelovanja.

*

Praznike iza sjajno položene mature proveo je u Kraljevici, u kući strica Tome. Toma, poput svih gotovo Kraljevčana, iznajmljivao je preko ljeta sobe kupališnim gostima. Te godine stanovali su u njegovoj "vili" (nazvanoj tako radi loggie nad ulazom i smještaja na povisokom osamljenom brežuljku) gospođica Zora Marakova i njen brat Marko, nešto mlađi od Andrijaševića. Mladići ubrzo postadoše vjerni drugovi na izletima i zabavama kojima je valjalo prikraćivati vrijeme što ostaje od kupanja. Gospođica Zora pridruži se doskora tim izletima (ribanje zanimalo ju je osobito, kao i svaki drugi sport); i poslije par susreta Đuro je osjetio da blizina djevojke na nj djeluje neobično.

Njegov pojam o ženi kretao se između dva kontrasta. Jedno bila je djevojčica lijepa i umilna, vrijedna ljubavi čiste i prijegorne — takvom je smatrao gotovo svaku djevojku koju je dotada bio sreo. Drugo bila je žena, mati, požrtvovna i brižna, kojoj za volju velike njene dobrote valja da zaboraviš "ono" neugodno što ju je činilo ženom. Andrijašević čitao je sila toga o ženi svih mogućih vrsta, nisu mu bili nepoznati ni plodovi naturalista ni ženski tip francuske komedije. Ali sve to priviđalo mu se više ili manje maštom; u svojoj okolini nalazio je — bar mu se tako činilo — potvrdu samo za svoju misao; pa je bio nekoliko dana nezadovoljan kad je netom pročitao da je njegov omiljeli Turgenjev — tvorac Lize, Jelene i Đeme — držao svojom najboljom pripoviješću Prvu ljubav, u kojoj Đuro nije nikako mogao da shvati realnost tipa Zine.

Zora Marakova bila je kći doseljenog Čeha, ravnatelja tvornice u D. Stasita i koštunjava djevojka, s opaljenim od sunca licem i zvonkim smijehom, nije se mogla nazvati lijepom, ali je — uza svih svojih devetnaest godina — sasvim suvereno istupala u društvu i svojim otvorenim načinom općenja začaravala svoju okolinu. Odijevala se sa mnogo ukusa i bila uvijek spremna na svaki pothvat ako je s tim bilo spojeno nešto novo, malo mučno i osobito.

Đuro je iz početka osjećao neku antipatiju prema njoj, osobito mu se nije sviđalo što ona tako "muškarački" samostalno govori i radi. Instinktivno je osjećao da ta žena ne spada ni u jedan ni u drugi razred koji je on sebi bio stvorio u svojoj fantaziji, pa ju je susretao s nepovjerenjem.

Zorina iskrenost razbila je brzo nepouzdanje i plahost; Đuro se nije nećkao da je uz brata uzimlje sa sobom "na ribe". Ona je, na moru, uz pljusak vesala u ranu zoru, bila vedra i vesela kao ptica; nije bilo poteškoće koja bi joj mogla smesti dobru volju (jednom pokisnuše do kože; a njoj se baš to svidjelo što su u malom ribarskom mjestu morali proboraviti nekoliko sati i, da se osuše, preobući se u mornarska odijela — sama je sebi izabrala ogromne pantalone od nankina). Kajkavski dijalekt izvrsno je pristajao njenoj bezbrižnoj brbljavosti;

Đuro se već iza par dana općenja privikao da ona Marka njega zove "moji dečeci" i nije ga vrijeđalo što s njim, kojega su i vlastita mati i drugovi profesori susretali s nekim posebnim poštovanjem, govori kao sa neiskusnim mlađim rođakom. Razgovarali su napokon uvijek o sitnicama, o zabavi i igri, pa tako se taj familijarni ton i Đuri samom pričinjao nečim sasma naravskim.

Jedne kasne ljetne večeri sve se to promijeni. Na maloj terasi pili su njih troje u slavu Zorina rođendana domaću vodicu (stric Toma ispričao se i otišao po svom običaju u gostionu na partiju treseta). Mjesec, kakav imaju samo južne naše noći, bio se razlio u punom svjetlu preko Kvarnera. Kao da su svi osjećali da se u divnoj večeri, mekoj i širokoj poput tihe čežnje, ne može razgovor iskretati na običajnu šalu; zabava je zapinjala. Najednom zašutješe; i Zora, regbi spominjući se nekog već jednom proživljenog osjećaja, dobaci: "Kako bi sada krasno bilo da netko zna čitati pjesme". Iza par časova sjedjeli su ona i brat nepomični, zagledavši se u iskričavu rijeku mjesečine na vodi i slušali Đuru kako čita Heinovu Nordsee u hrvatskom prijevodu. Đuro je čitao iz vlastitog rukopisa, i kad je svršio, morao je priznati da je prijevod njegovo djelo. Razgovor se svrati na književnost; pokaže se da Zora čudnovato dobro pozna to najmilije Andrijaševićevo polje. Dugo u noć sjedjeli su na terasi, raspravljali o sasvim novim stvarima kojih se još nigda nisu bile dotakle njihove riječi; djevojka je zadivila Đuru svojim sigurnim, duboko proćućenim sudovima i svojim znanjem. Prvi put nije se govorilo u dijalektu — a drugi dan riječ "moji dečeci" već je tvrđe zvučala iz Zorinih usta. Prođoše dani u kojima Zora i on sasvim zaboraviše Marka — dani zajedničkog čitanja i raspredanja i sve se svrši, naravno, ljubavlju.

Kao san bijaše ta ljubav. Bura zviždaše oko crvenih pećina uz more, a Đuro je pratio Zoru (kako mu se sad lijepa činila u uskom odijelu od štajerske tkanine sa muškom kapom!) po strmim nogostupima osamljenih golih rtova uz more. I onda — noći, razbludne noći primorskoga ljeta na izmaku, kad se more svjetluca a zrak i sam kao da dršće od požude! Marko bio se razbolio od groznice (obične bolesti stranih ljudi koji se odviše kupaju), pa su njih dvoje mogli sasvim nesmetano usisavati sav čar naglo rođene ljubavi. Rujan, mjesec krvavih i ljubičastih boja, kad je more u predvečerje zbilja — kako Homer pjeva — kao žarko vino, donese im strah prvoga rastanka...

Ujutro iza pretposljednjeg takvog predvečerja Andrijašević nije se ufao izaći iz svoje sobe. Čitavu noć probdio je uz svijeću, ubijen od strahote pređašnje večeri. Gadno, gadno! — šaptao je u sebi i mučio se da nađe još goru riječ. Sam, on sam ubio je tu veliku ljubav koju je tako krasno pratila bogata priroda! I ona, kako je samo ona mogla izgubiti svijest i u tmini vrta zaboraviti svetost čuvstva, oblaćenu odmah užasnim časom, kad su se oboje otrijeznili ne više kao dvoje idealnih drugova (tako je uvijek Đuro smatrao svoju ljubav) nego jednako kao cijelo to poniženo čovječanstvo, kao "običan" muž i "obična" žena! Bio je blizu toga da pobjegne, da je ne vidi nikad više — i kad je ipak morao da konačno izađe, da joj pogleda u oči, bilo mu je još groznije što ona nije imala nikakva prikora za nj nego još veću ljubav. Hvala Bogu — ona i brat otišli su treći dan; Đuri se činilo da bi morao ubiti nju i sebe kad bi još imao ostati uz nju. Strašnih je muka prepatio u ta dva dana; i kad se morao pretvarati na odlasku, hiniti tugu (činilo mu se da sam zavređuje prezir, a prema njoj osjećao je upravo mržnju) tako ga se to dojmilo, da je na užas strica Tome čitavo vrijeme do odlaska u Beč proležao u groznici, ne trpeći uza se nikoga, pače ni rođenu mater koja je došla iz Rijeke, bojeći se za njegov život.

Kad je oslabljen ustao iz postelje, želio je jedino da ode i jedva je dočekao dan kad je imao da otputuje u Beč da se upiše na sveučilište. Svaka, negda tako bliska, gotovo živa uspomena prošle ljubavi, svaki kamečak, smilje uz grič, ubirano nedavno njoj za ures, kameni stol na terasi, svjedok plahih prvih čežnja, sve ga je to uzrujavalo do bolesti.

I on, on sam da je morao razoriti sve to! Znao je da nije svjesno ništa kriv — ali ta spoznaja još je uvećala njegovu bol. I mržnja na svijet, na nju, na sve u što je vjerovao dotada, tako ga zaokupi da je, kad je od nje stigla prva karta iz doma, sio na stol i napisao joj u groznici par stranica, proklinjući je gotovo i u isti mah strašno je samilosno žaleći. A kad na to pismo nije bilo odgovora, gotovo je odahnuo kao da se je riješio neke strašne more.

Osjećao se preslabim da u prvi čas uopće i razmišlja o tom kakav je njegov postupak prema njoj; i kad je pokušao da se sam sebi izjada u pjesmi u kojoj je htio svim ljudima kazati kako su niski i slabi, osjetio je prvi put da nema vjere u pisanu riječ. Napiše par, deset puta isprekrižanih stranica, i stane; "ta to je sve samo deklamacija i fraza koja ne može da izbriše onoga što je zbilja bilo" — rekne sam sebi i razdere ispisane arke. Prvi put rodi se u njem sumnja da je književnost vrlo malo vrijedna prema vrijednosti života — i te sumnje nikad se kasnije nije mogao potpuno da riješi.

*

Njegov mir, mir nesmućenih mladih zanosa, bio je pokopan zauvijek. U velegradu Andrijašević se prometnuo sasvim u drugog čovjeka. Iza prve navale boli radi jadnog svršetka ove druge ljubavi dođe pokajanje. Dane i dane je čekao neće li od Zore ipak doći kakav odgovor, jer — tako se ipak nije mogao svršiti njihov roman. Osjećao se vezanim uz tu djevojku koja bijaše postala njegovom ženom, a nije znao kako da popravi što je bio skrivio pismom, poslanim u omaglici prvog razočaranja. Zora nije odgovarala. Ćutio je da se njena ljubav pretvorila u prezir, da ga ona drži kukavicom, slabićem, koji je uzmakao kad je došao čas ozbiljnih obveza. Tražio je načina da piše barem Marku — ali se nikako nije mogao da odluči. Prođoše mjeseci očaja u kojima je spremno zalazio u najgora đačka društva i doskora došao na glas sasvim pokvarenog čovjeka. Njegovo živovanje stane se kretati u uskim, dosadnim granicama između beskrajnih probditih noći i lijeno prosjeđenih dana. Izmučivši živce, izgubi interes za nauku i stane tražiti načine da sam sebe ponizi još gore, podavši se dokraja misli da nije vrijedan života. Godina dana prošla mu u pravoj magli u kojoj bi tek načas zasjala misao: "Zora će ipak pisati". Nije sam sebi davao računa što će biti onda, kako će se dalje razviti njihov odnošaj, ali je osjećao da s tim teretom na duši ne može živjeti. A — Zora nije pisala.

On pače nije mogao ništa ni da dozna o njoj. Pokuša i posljednje: opiše u prekrasnoj crti svu svoju muku. Književni uspjeh bio je velik — ali mu nije olakšao jada. Zora se ni na taj bolni poziv ne odjavi. Na praznike nije se ni ufao kući, bojeći se da nisu do majke i strica Tome doprli glasovi o njegovu životu; a na kraju trećega semestra nađe se u društvu starih kuća, osjećajući se i sam star, propao, nesposoban za ikakvu odluku, ranjen na duši i tijelu.

Ružna su bila ta vremena. Dođu i materijalne brige, neplaćeni računi, bježanje u udaljena okružja Beča, stid pred drugovima. "Svršiti, svršiti treba sve" — tu je misao izgovarao gotovo svaki dan i sasvim zapao u tromost, ne brinući se ni za što, pače ne odgovarajući ni na materina pisma. Stane se sasvim uklanjati đacima i tražiti društvo po predgradskim gostionicama, sastajalištima malih ljudi. Bilo mu je ugodno kad su ga tu kao "doktora" (u Beču je svaki đak doktor za gazdaricu i kelnere; kad zbilja dobije doktorat, ovi gu promaknu na "profesora") cijenili i pažljivo slušali. U ljetu druge godine pače ne upiše se ni na sveučilište, govoreći sam sebi da je ionako "sve svejedno." Privikne se na duge večeri u začađenim blatnim lokalima, na društvo stalnih pivopija i pomalo i sam dođe na to da se umiruje alkoholom. Uloga očajnika postane mu drugom naravi — i gotovo s deklamatorskim gestama stane se opijati noć na noć, brinući se jedino za to kako će provesti sutrašnji dan bez dosade. Ustajao bi poslije podneva, objedovao i opet ležao do podvečer, krateći vrijeme čitanjem svega što bi mu došlo pod ruku. Par puta pokuša da što piše, da stvara; — ali uvjerenje o beskorisnosti svega tako ga bilo zaokupilo, da je svaki put iza uzaludna napora bacio pero i sa još ojađenijom dušom išao u gostionu da svoj nemir utopi u alkoholu.

Bojao se samo jednoga: da se taj njegov mahinalni život ipak mora jednom izmijeniti, da će morati kući ili će ga sastati netko od znanaca. Naučio se izbjegavati susretaj sa svim ljudima koji su ga prije poznavali, držeći da je svima jasno kako je duboko i zauvijek propao. "Čekati svršetak", s tom mišlju zakapao je sve svoje negdašnje namjere.

Pred praznike dobije pismo od majke da ga stric Toma svakako želi vidjeti i neće ni pod koji način da mu pošalje novac za boravak u Beču preko ljeta.

Krajem srpnja, otegnuvši koliko je više mogao svoj odlazak, otputi se kući. Andrijaševićka dočeka sina u veselju i bez ikojeg neugodnog upita; ali Đuro odmah spazi da je silno ostarjela, pače da je tomu po svoj prilici taj uzrok što ona zna kakav je njegov đački život. Mati bila se prometnula u silnu bogomoljku; stric Toma i ona kao da su dogovorno čekali od njega da im nešto reče, da im objasni u što je potratio dvije godine. Treće večeri, kad je sa stricem zašao u duge razgovore koji se ipak nisu dotakli njegova boravka u Beču, opazi kako mati s nekim tihim prikorom nosi na stol treću bocu vina. Još istu noć odluči da neće ostati kod kuće, napiše pismo drugu Toši iz gimnazije, s kojim se gdjekad dopisivao, zamoli neka ga taj pozove pod bilo kojom izlikom u goste, i otputuje za osam dana u podravsko selo gdje su Tošini roditelji imali imanje.

*

Na selu, u društvu s ljudima koji su o njem znali samo dobro po Tošinu pričanju, oćuti Andrijašević prvi put poslije dugo vremena da mu se vraća volja za život. Obzir prema gostoprimcima (Toša je imao oca udovca i strinu koja je vodila kućanstvo) učini da se doskora okanio svojih tromih navika: stao ustajati rano i zanimati se za gospodarske brige Tošina oca; navika prevelikog uživanja alkohola navečer prestala je sama od sebe. Toša je odmah opazio veliku promjenu koja se sa Đurom dogodila u posljednje dvije godine, pa ga je — s početka u šali a kasnije i ozbiljno — stao koriti što je sasvim zapustio svoj književnički rad. Tako se dogodi da je Andrijašević jedne večeri prijatelju, koji ga je još u školskim klupama bio osvojio svojim veselim i vedrim temperamentom, otkrio velik dio svoje nevolje.

— Ta ti si, sokole sivi, doživio malo razočaranje u ljubavi, pa odmah kukaš kao dijete. Eh, pjesnik, vidi se! Ja bih ti odmah odredio lijek, da me hoćeš slušati: počni ti raditi kao ja ili moj otac (Toša je svršio maturu, bio godinu dana na nekoj višoj gospodarskoj školi i vratio se kući da pomaže ocu), pa ćeš vidjeti kako nestaje melankolije.

— Ti govoriš kao seljak. Što misliš da bi mene baš i to ljubavno razočaranje (Đuro je samo natuknuo bio prijatelju nešto o Zori) bilo tako srvalo? Nije to, moj dragi, nego ima tu dublji uzrok: čemu da uopće radiš i napinješ se kad nisi načistu ni sa najjednostavnijim životnim problemima! Ja sam dane i dane u Beču igrao šaha; — istina, s tim je prolazilo vrijeme i ja nisam imao kada da mislim na svoje muke; ali uza sve to, nećeš valjda tvrditi da je sa igranjem šaha bilo riješeno pitanje čemu ja živim. A tvoj rad i moj šah baš su — pogledaš li sa strane — od jednake vrijednosti.

— Zaboravljaš na to da život nije jednostavan. Dobro: tebi se dogodilo nešto neugodno. Zato si izgubio energiju, izgubio dvije godine, naučio se piti. Neka bude. Ali zar misliš da je ta tvoja nesreća jedino što ti se u životu ima da dogodi? Eto vidiš: i kraj svega toga od tebe je u ovo dvije godine izišla tvoja novela (mi seljaci, kako vidiš, imamo smisla i za to) i pronijela ti ime. Pa konačno imaš mater, strica, koji štošta čekaju od tebe; a onda — zar misliš da je mali grijeh prevariti sve nas koji smo od tebe očekivali nešto veliko? Sjeti se samo kako smo mi kao đaci gutali svaku novu stvar koja bi izišla, pratili svaki napredak naših književnika. Pomisli: koliko sad ima mladih srdaca koja od tebe čekaju nastavak — i gledaju u tebi budućeg našeg romansijera? Ti si odviše egoista, to je sve.

Ne, ne — ja naprosto ne mogu. Moja volja i spremnost ne bi tu ništa odlučivala.

Varaš samoga sebe. Veliš da si u Beču prospavao sve dane; a gle, kod nas već imadeš smisla i za poslove moga oca.

Posljedak svih tih razgovora bio je da je Đuro poslušao savjet Tošin i treću godinu sveučilišta upisao u Zagrebu.

*

Iza par mjeseci stanu sa šifrom "Đ. A." izlaziti u dnevnim zagrebačkim novinama prikazi i kritike kojima se odmah priznala vrijednost; a prvi književni list počne donositi "novelu od Đ. Andrijaševića".

Nego taj preokret nije bio samo djelo Tošino; Đuru je na nov rad potaklo nešto sasvim drugo.

Udovica majora R., kod koje je u Zagrebu stanovao, strpala je u njegovu, pokućstva ionako prepunu, sobu (od penzije nije mogla držati velik stan, a opet nije htjela da u bescjenje prodaje stvari) glasovir, na kojem su se, do odlaska u samostansku školu u Kranjskoj, vježbale njene kćeri. Isprva tek katkada slučajno znao bi Đuro otvoriti stari instrumenat kojemu su tipke već bile sasvim omekšale. Doskora dade mu se nažao što je mnogo zaboravio ne vježbajući dvije godine, i stane svirati redovito, a napokon upiše se i u glazbenu školu u Zagrebu dobro poznatog majstora. Ovaj, živeći jedino za glazbu, dočeka veselo čovjeka koji se u tim godinama još htio da podvrgava mukama vježbanja, i zavoli Andrijaševića vrlo. Za tri mjeseca upozna ga sa naprednijim svojim učenicima i uvede u društvo kojemu je najvažnija briga bila priređivanje glazbenih five o'clocka. Tako bude Đuro Andrijašević uveden u kuću višeg vladinog činovnika Hrabara, bolje reći u kuću njegove žene, jer je Hrabar sve vrijeme što mu je ostajalo iza ureda probavljao u kavani uz tarok, a skrb za kćer Veru prepuštao sasvim gospođi Nini.

Andrijašević je tek polako stekao sigurnost da se kreće u toj kući. Kroz dvije bečke godi— ne sasvim se bio zapustio i postao plah u općenju s ljudima boljega društva. A obitelj Hrabarovih — to jest majka i kći — brojale su se zbilja u viših deset stotina glavnoga grada.

Zagreb dobio je u zadnjim godinama prošloga vijeka čudnovatu društvenu strukturu. Grad sveučilišta, višeg činovništva, svih mogućih škola, centar svega duševnoga života, nagomilao je u sebi skorup inteligencije što je uopće imademo. To mu je i dalo vanjsku polituru velegrada koju osjećaš u gostioni, kavani, na ledu i na fashionable — plesovima sezone. Doista — ovo gomilanje inteligencije više je bilo posljedica dovoza željeznicom nego svršetak naravna razvoja; tako je i došlo do sve jačeg nerazmjerja između životnih potreba te inteligencije i njenih ekonomskih sila. Građanin, koji bi jedini mogao da bude čvrsta baza tom naglom napretku, ostao je purgar Vlaške ulice i Donje Ilice, tražio i nalazio zabavu još uvijek u svojim krugovima i u patrijarhalnim krčmicama. Ali sin toga građanina nerijetko postajaše zbilja čovjek sa sasvim zapadnjačkim potrebama profinjene kulture; a još više kći. Tako se razvio i poseban ženski tip: djevojka koja nije od malih nogu saznala za zahtjeve višega društva, ali su joj školski odgoj, znanje jezika i darovitost rase olakotili da sebi stvori ideal, stojeći daleko od drage i dobre mame koja je ostajala stup obitelji i vječni anđeo čuvar, ali — nije znala pisati šiljastim ogromnim slovima po engleskoj modi i gdjekad prilično malo razumijevala o temama razgovora u kazališnoj loži ili na kućnoj zabavi.

Takva je otprilike mamica bila i gospođa Nina Hrabarova; udavši se prije trideset godina za muža, pristava u njenom rodištu, nije imala kada da sama pravo usiše duh koji ju je u Zagrebu, kuda su bili premješteni, stao okruživati. Vera bila je već sasvim plod toga duha; djevojka darovita, svršila je čitavu gimnaziju, naučila izvrsno govoriti tri tuđa jezika, svirala na glasoviru za diletantiku izvrsno, a u društvu znala besprikorno voditi konverzaciju. Nedavno bijahu stigle u Zagreb dvije — tri učiteljice Engleskinje, koje Veri i njenim družicama postadoše uzor comme il fauta. Naobrazba i fine manire: to se djevojačkom svijetu činilo najprečom potrebom života. Tu i tamo stali se javljati odsjevi sjevernjačkih zahtjeva o samostalnosti žene; ali zasada težnje ženske generacije poprijeko bijahu skromnije i neodlučnije, pače u glavnim stvarima, u odnošaju muža i žene, u pitanju braka, sve te svjetski odgojene i naoko sasvim sigurne gospođice bijahu prava djeca, miješajući zaruke, ženidbu i brak, držeći to sve skupa nekim pitanjem etikete ili najviše nečim što s vremenom samo od sebe dolazi, kao i prvi ples.

Andrijašević iza prvih susreta nije mogao da prodre u dušu Verinu. Više po instinktu osjećao je da je ta "djevica" (u mislima ju je uvijek tako zvao) neizmjerno daleko od onoga ponora u koji je njega samoga potislo bilo očajanje radi prijeloma sa Zorom. Prijelom bio mu je sad već tek kao daleka uspomena; ali uvjerenje da je život u svojoj cijelosti nizak i ružan, pojačano još čitanjem prirodoznanstvenih knjiga koje su istinu o čovjeku — životinji konstatovale bez uzrujavanja, to uvjerenje tako ga je svega proniknulo, da mu se Vera učinila gotovo nekim nerazumljivim bićem. I vanjska njena prikaza — ovisoka, suha djevojka sa zlatnom kosom i mirnim zelenim očima — sasvim je pristajala u tu sliku djevičanstva i netaknutosti koju bijaše zamislio.

"A ja u dvije godine nisam u Beču ni govorio sa ženom, osim sa kelnericom ili s uličnom djevojkom!" — mislio bi sa gorčinom i bio vječno u strahu da ne bi krivom riječju ili inače kakvom nespretnošću povrijedio "sveto" Verino biće. Kad ga je na jednoj glazbenoj večeri upitala što misli o Ani Karenjinoj, gotovo mu bude neugodno što Vera hoće da čita tu knjigu i odgovori joj da bi knjiga mogla smesti njenu dušu.

— Ta ja nisam više takva mala djevojčica, kakvom me vi držite!

— Svaka velika knjiga je proživljena; i onaj koji ne može da na sebe prenese tu piščevu emociju bolje da ne čita knjige.

— Drugim riječima: ozbiljna literatura je samo za takve ozbiljne i tmurne muškarce, kao što ste vi; a mi — nedozrele kevice — valja da čitamo uvijek Andersena. Do koje godine, molim vas? — Ja sam već dosta stara.

— Starost se ne mjeri po godinama nego po zimama života. (Đuro osjeti da je kazao frazu i zacrveni se.) Bolje da ne govorimo o tom, gospođice; ja ne bih htio da budem prvi čovjek koji u vas uzbuđuje interes da se prošećete po jednoj takvoj zimi. (Crvenilo na licu, osjećao je, biva još jače.) Ja se nespretno izražavam; ali svakako je ovako bezbrižno poslijepodne sa glasovirom više vrijedno od čitanja svih ozbiljnih knjiga.

*

Veru je iza ovoga razgovora stao zanimati taj mladi gospodin koji je do tada po njenom mišljenju imao neoprostivu pogrešku da nije htio plesati i uvijek odviše lagano govorio. Ljutilo ju je što je drži tako "bedastom"; pa bi, da mu vrati milo za drago, u sebi zlobno stala izbrajati njegove pogreške, osobito tromost, pače malu nespretnost u općenju, nešto komičnu strogost kojom je kritizovao jednu Verinu prijateljicu kad je ova sasvim u plesnoj maniri bila odsvirala Chopinovu mazurku, napisanu malo pred smrt. Odluči da će "sada baš" čitati Tolstojev roman, i pri prvoj uri kod maestra (s kojim se — od djetinjstva njegova najbolja učenica — bila navikla otvoreno razgovarati) zapita ovoga: "kakav je čovjek taj Andrijašević". Maestro pohvali Đurinu inteligenciju i rekne: "Čini mi se samo prestar za svoje godine". Taj sud uzbudi još više Verinu znaličnost i kod prve prilike ona ispriča Đuri dojam lektire. Od nekog straha da ne bi možda bilo sasvim u redu upuštati se s muškarcem u razgovor koji je morao sam po sebi zaći ispod površine običnih društvenih odnosa, a nešto i od želje da vidi kako će Andrijašević pred cijelim društvom govoriti o istoj stvari, navrne Vera pred svima razgovor na Tolstoja. U društvu bili su poznati glazbeni entuzijasta, profesor M., koji je neprestano spočitavao gospođi Nini što nije kćer dala sasvim naobraziti za glasoviračicu, mladi odvjetnik G., daljnji rođak Hrabarovih, a do ušiju zaljubljen u gospođicu Milku (onu istu što nije shvaćala Chopina), gospođica Milka i još dvije Verine drugarice, od ovih jedna vrlo emancipirana gotova licejka, učiteljica na gradskoj školi, spremna uvijek da lomi koplje za ideje Ellen Keyove; napokon dvije starije gospođe koje su sa domaćicom raspravljale na koje plesove valja ići, a inače puštale mladeži da se po volji zabavlja.

Gospodin M. nije mogao ni čuti Tolstojeva imena a da ne usplamti; Kreutzerove sonate i osude Beethovena nikako nije mogao da oprosti ruskom apostolu. Zato odmah navali na Tolstoja, dokazujući da u Ani Karenjinoj nema ništa umjetničko. Vera je slabo branila Tolstoja (roman bio se nje silno dojmio, ali bi jedva bila sama kadra reći čega radi) i kad je stala uzvisivati figuru Kitty Ščerbacke, obrati se Đuri koji je sa šutnjom pratio razgovor, za potvrdu i pomoć.

— Glede figure Katarine i Levina gotovo bih dao pravo gospodinu profesoru. Tu je Tolstoju očito smetala simpatija a možda i koja proživljena uspomena.

— Zar su Kitty i Levin figure iz života! — upita važno emancipirana gospođica.

— Umjetnici nikad ne kopiraju narav; ni onda kad im je to umjetničko evanđelje; ali Tolstoj sam negdje kaže da je prizor kad se Levin i Kitty sporazumiju u vrtu, ravno uzet iz života: — tako je Tolstoj zbilja bio otkrio ljubav svojoj ženi. Uostalom, to su sporedne stvari; aspostol Tolstoj — crtao je Levina i njegovu ženu, umjetniku Tolstoju bilo je glavno opisati Anu i njenu ljubav. A u tim opisima ima poezije, pače muzike, makar se gospodin profesor ljutio — nasmiješi se Đuro. Ona i Karenjin upravo su živi.

— A Vronski? (Vera je osjećala u sebi neku antipatiju proti Vronskomu.)

— Vronskoga ne razumijem. Kasniji njegov postupak, događaji njegove ljubavi za Anu jasni su mi; ali početak te ljubavi ne pojmim: duša Vronskoga strana mi je i tamna.

Sam od sebe razgovor dođe na ideale muškarca, na ljubav, na ženu. Andrijašević poslije dugo dugo vremena osjeti ugodnost slušati vlastiti govor, zaboravi gotovo posve svoju plahost, i stane široko, jakim riječima crtati ideal žene u ruskoj pripovijesti, koji mu je bio najbliži. Razgovor svrši se sa disonancom, jer su svi ostali osjećali da je Andrijašević u svojim pogledima superioran, da mu se ne mogu opirati. Ženske oćutješe preozbiljnost razgovora, a oba muškarca, profesor i odvjetnik, zlobu i srditost.

Vera tu noć dugo nije mogla da zaspi. Sama se sebi čudila da je istom danas opazila kako je krasno lice u Andrijaševića. Kako su mu samo sjajne bile oči! Kako jasno umije razložiti svoju misao! Zbilja — nije od običnih ljudi. I čudno, da mu se baš taj antipatični Vronski ne sviđa!

— Vera, ti ne spavaš, a?

— Ne, mama.

— To ti je sve od tih preveć pametnih razgovora. Andrijašević je danas pokvario cijeli žur. Vidjela sam da se profesor ljuti.

— Andrijašević nije kriv što drugi nemaju svojih misli ili ih ne znaju braniti.

Hrabarica začudi se odlučnom glasu svoje kćeri; ali joj pospanost nije dala da dalje o tom misli.

*

U velikim trzajima proživio je Đuro sljedeće tri sedmice. Sve snažnije ćutio je da mu se Verina duša približuje; već kod onoga razgovora o Tolstoju opazio je jasno kako ona samo u njega traži potvrdu za svoje nazore, kako prati njegov govor. U danima zatim nevidljivi vez između njih dvoje sve se je više stezao, i mrtvo, uspavano srce Đurino stalo se buditi, kucati jače i hrliti "njoj" u susret.

— Ja je ljubim, ljubim! klicaše u sebi; i ne prođe sunčani dan a da ne bi zašao u prirodu (on, koji je inače sasvim već bio utonuo u kavanski život); činio se sam sebi dijelom rosne trave, širokih sjena i cvrkutavih jata.

Ali iza sunčanih dneva dođoše i magle (proljeće se te godine rađalo polako), nastupiše blatna, prohladna jutra sa zgaženim snijegom po pločnicima i kaljužama tamnozelene vode na zakretima.

Sva smjelost i dobra volja Andrijaševićeva gubila se učas; sam bi sebe uvjeravao da je odviše star i odviše grešan za tu novu, veliku ljubav; da se ne da izbrisati prošlost koja ga čini nevrijednim Verina nagnuća. Dvaput ne dođe na žur i opazi u Verinim očima pitanje puno prikora. Stare uspomene okružiše ga kao strašilo, a kad jednom opazi promjenu u ponašanju gospođe Nine (brižna majka brzo je pogodila da se dotada mirno srce njene kćeri burka) i kao udarac usuda osjeti njen hladni pozdrav, povuče se u svoju sobu i ležaše tri dana, neprestano ponavljajući jednaku frazu: "Što se ti, pokvareni, izmoždeni čovječe usuđuješ kao zločinac ulaziti u njen nepristupni svijet! Tko ti daje pravo da djevici mutiš spokojnost duše?"

Plod tih sumnja bude pjesma, posljednja koju je Đuro dao štampati. Naslika Veru kao kraljevnu priče, uspavanu stoljetnim snom u začaranu vrtu. On, vitez, dolazi iz nepoznatog svijeta borbe, krvi, otmice i grijeha, i staje pred živicom koja okružuje njen vrt, lomeći svoj okrvavljeni mač, ne usuđujući se da pohrli k njoj...

Kad je pjesma izišla naštampana (znao je da će je Vera dobiti u ruke), gotovo se bojao ići pred nju. Premda je htio da u stihove salije svoju cijelu ispovijest, plašio se pomisli da će Vera razumjeti njegovu pjesmu. Htjede da otputuje kući, da ode iz Zagreba, da je ne vidi, da u zametku uguši tu ljubav — i tu ga iznenadi pismo maestrovo, poziv da dođe k njemu.

Maestro mu iza okolišanja kao slučajno preda biljet, na kojem bijaše napisano ovo:

"Znam da će Vam se čudno, možda i odviše smjelo učiniti što Vam pišem. Moram govoriti s Vama i ne nalazim drugog načina da Vas zamolim da dođete u četvrtak k nama.

V."

Slovo "V" — početak samoga imena — kazivao je Đuri sve. Koliko je put poljubio oslabim mirisom nahukanu hartiju! "Sveta, draga djevice moja!" ponavljaše bez prestanka, u omaglici sreće, i ne misleći šta će dalje biti.

U četvrtak dočeka Andrijaševića kod Hrabarovih oveće društvo, ali bez Vere. Ova se ispričala nekim silno prešnim kupovanjem (Đuro je odmah shvatio razlog njena postupka: ona se stidi i boji današnjega dana, draga djevica!) i došla tek kasnije, regbi sva zažarena od posla i nagla hoda. Đuro odmah opazi duboke kolobare ispod njenih očiju i spopane ga silna samilost; osjećao je da mu suze naviru na oči. No cijelo Verino ponašanje bilo je taj dan do skrajnosti strogo i gotovo hladno; činila se da ga i ne opaža i izmučila ga do skrajnosti svojom brigom oko ostalih gosti.

Profesor M. sjedne za glasovir; to je bio znak da ima umuknuti opći razgovor. Sjene večeri stale se spuštati, no nitko ne zatraži svjetla, slušajući svirku. Dvoržakova legenda zabruji, kao prava muzika polumraka.

Iza posljednjih akorda društvo se okupilo oko svirača i tražilo od njega bučno da ponovi. Tu priliku upotrijebi Vera i dođe sasvim blizu Andrijaševiću.

— Krivo sam učinila što sam Vam pisala. Ako se dade popraviti, ja Vas molim da zaboravite to.

Andrijašević upre oči ravno u nju. Crte njena lica nisu se raspoznavale u sumračju; ali je dobro vidio da ona nema snage izdržati njegova pogleda. U jedan mah, kao da ga neka čarobna šipka svega promijenila, rodi se u njem bijes, oholost, zloba. Učini mu se da bi mirne duše mogao zgrabiti je za ruke i stisnuti joj zglobove, veseleći se njezinoj boli. Čudan njemu samomu nepoznat glas iziđe iz njegova grla; kao da i ne govori on, nego neki drugi mefistofelski duh, hladno, odmjereno, sa prizvukom smijeha:

— Možete računati na moju diskreciju. Mi se ionako valjda više nećemo vidjeti; ja odlazim iz Zagreba.

Njene oči pogledaju ga, trepeće, pune suza.

— Zašto ste ono napisali!

Sav njen stid, ljubav, strah pred tim što otkriva — sve je to bilo u jednostavnom ovom upitu o vitezu koji se boji probuditi uspravnu kraljevnu.

Za odgovor nije bilo vremena; unesoše svijeće i društvo ih povuče u svoje kolo. Andrijašević nije bio sebi pravo svjestan što proživljuje tu večer. Sjeća se da je otišao, gotovo pobjegao iz društva i zalutao ravno kuda je produljena ulica vodila na poljsku cestu. Spominjao se kasnije da je negdje kraj Save sjedio u maloj, sasvim praznoj, krčmici i da je u mrak (u kazalištu bila je još predstava, to je znao) došao u svoj stan, legao na divan i plakao, kao što plaču djeca, gušeći se u suzama i ne sustavljajući ih.

Kad se malo smirio, zapalio je lampu i sa strašnim naporom (u sljepočicama mu je od uzrujanosti i vina krv tako tekla, da je neprestano rukama pritiskao čelo) na prvom komadu papira koji mu je došao pod ruku stao pisati njoj pismo. "Vera! Ovo je ludost i zločin što ja radim, ali tako to ne može ostati među nama....."

I dalje pisao joj je sve; svoj život, lijen i mrtav, sagrađen na jednom ogromnom razočaranju, svoju ljubav za nju i svoj strah radi te ljubavi.

Svršivši, zapečati pismo i, ni ne misleći da li smije tako činiti, pođe u kavanu, kupi marku i baci pismo u poštansku škrinjicu.

Adresa ravno Veri.

Čitavu noć skitao se po kavanama, u rano jutro dospio na kolodvor i odvezao se prvim vlakom u selo kraj Zagreba. Vrativši se u noć kući, slomljen i bešćutan, dozna od gazdarice da je služnik ostavio za nj pismo. Na stolu nađe kuvertu s maestrovim monogramom i u njoj olovkom, očito u velikoj brzini, napisane riječi:

"Ako vjerujete u me da mogu biti tješiteljica Vaših boli, ja sam spremna."

Ta je izreka Andrijaševića učinila drugim čovjekom —

....

....

....

*

Svega ovoga sjetio se Đuro zureći u okoliš koji je brza vožnja stapala u neku jednoličnu masu granja i zidova. Spomenuvši se prvoga poznanstva s Verom, bude mu najednom sasvim lako pri duši i zadovoljno pomisli: "Ipak je to moja puca!" — riječi koje su mu se uvijek nametale kad bi što lijepo čuo o njoj.

Ljudi stanu spremati svoje koševe i kovčege; vlak doskora stane.

Toša sav razblažen dočeka prijatelja.

— To je baš bila krasna misao od tebe! A bit će ti lijepo kod nas; moja žena nije mogla da te dočeka; imamo curicu od dvije godine, pa je ne možemo pustiti samu.

— A tvoj stari?

— Još uvijek jednako. Neće da mi to oprosti. Nije mi bilo lako svađati se s njim, a i kod kuće bilo je ljepše nego u mojim Zdencima;

no što ćeš, stari si upiljio u glavu da me ženi za Dikićevu kćer; nije mu dala mira misao da će se tako složiti u jedno dva susjedna imanja. Ja moje Anke nisam mogao ostaviti i tako eto postao učitelj. Bilo bi zlo da nemam majčina dijela; no ovako — u kući svega dosta, a zadovoljni smo i Anka i ja i sretni s malom Micikom; pa što ćeš više!

U gostioni do kolodvora Andrijašević brzo nešto založi i pošalje Veri kartu, potkrižavši riječi da "piše odmah potanje". Za kratak čas (Toši je očito bilo teško ostati dugo od kuće, pa nije htio ni da pođe razgledati preko mosta bosansku stranu) kola krenu.

II.

U Zdencima, 5. novembra

I tako eto mene pri tom da pišem dnevnik. Nikad nisam pravo mogao razumjeti čemu to upisivanje vlastitih misli i osjećaja u knjigu koja nije nikomu namijenjena da je čita. Ako znaš da će netko moći zaviriti u tvoju dušu, stavljenu na papir, — onda — mislim — nije moguće dnevnik pisati bez sustezanja. Hoćeš li pak da razgovaraš sam sa sobom — misli brže lete i više kažu nego što može doseći pero.

Ako curice pišu dnevnik o svojoj prvoj ljubavi, čine to valjda iz one poznate potrebe da nekomu saopćiš svoju sreću ili tugu kad su prevelike. Ali ja — čemu da ja sam sa sobom razgovaram riječima koje sigurno nikad nisu tako iskrene kao što je iskrena meditacija?

Ne znam zapravo što da počnem — pa hoću da utučem vrijeme. Tošini idu spavati sa kokošima; a ja se ipak ne mogu iza osam dana da na to priviknem. Kušao sam prikratiti duge večeri čitanjem (na selu mora da je zima nešto užasno; ona, a ne san, prava je slika smrti — gle fraze!); ma od toga zabole oči. A pisati, početi kakav literarni rad, ne ide. Novembar nije moj mjesec; — a osim toga nema u vanjskom životu ovoga sela ništa što bi me uzbudilo tako da bih osjetio volju za stvaranje.

Uostalom, zao je znak što sam ovako počeo pisati pisma sam sebi. Još pred tri mjeseca znalo se je često slučiti da bih sjeo za stol i pisao ovako isto Veri: ne pismo, nego beskonačne snove, hvatao na papiru vijoglavu igru fantazije. Zašto sam danas zaboravio to, pa eto ne govorim — njoj?

Ja se na nju malo srdim. Ima već pet dana što bi bio imao stignuti kakav glas od nje. Ništa. Ili je uvrijeđena? Ne vjerujem; ja sam joj u pismu izvrsno razložio cijelu stvar: da ću ionako k njima kad budem prolazio kroz Zagreb. To će biti doskora, jer ću odmah predati molbenicu za mjesto.

Samo — da nije upravo to što sam ja primoran ići u službu, razlog njenoj šutnji? Neću da o tom mislim; danas nisam najbolje volje. A kad fali dobra volja, onda je i filozof spreman da okrene svoj optimistički sistem.

Selo miruje — nikad još nisam slušao ovakve šutnje. Badava — ne mogu da pišem. Uvijek mi dolazi na um da je ovo neka neuspjela literarna vježba. Samo da imam bar što lakše za čitanje. Nisam nikad mislio da i novine mogu biti potreba. Tu ih nema; i eto ja se pače počeo zanimati za našu politiku.

*

7. novembra

Kad sam prekjučer išao spavati, sjetio sam se jednog čudnog tipa u Bourgetovu Cosmopolisu. Moj kolega, književnik Julien Dorsenne. Ide po svijetu sa notesom u ruci, bilježi dojmove i uspomene — i onda ih kasnije meće u svoje romane. Ovako bi se dalo opravdati i ovo moje piskaranje.

Nego taj je Dorsenne ipak malo komičan. Svejedno; današnji razgovor sa Tošom vrijedno je zabilježiti.

Govorili smo o selu. Ja još nikad dosada nisam vidio pravoga sela ni pravoga seljaka, onoga što pozna samo svoju zemlju. Naš Primorac, ako i obrađuje vinograd, nije seljak (a nije valjda nikad ni bio); njegovo se zvanje mijenja prema potrebi: u mladosti je mornar, kasnije nadničari sa svojom lađicom ili radi oko vinograda. Uvijek je spreman da dohvati nešto bolje.

Ovdje vidim pravi seljački tip. Ljudi kojima sve naziranje na svijet diktuje zemlja, mati hraniteljica. Nije čudo što ovaj čovjek ne trpi škole; on ne vidi nikakva saveza između pisanih slova i poljskih poslova. I to, što je nepovjerljiv prema gospodi, nema — čini mi se — razloga u tobožnjem nemaru kaputaša za nj ili u pašovanju raznih bilježnika. Moj Pajo ili Nikola ne razumije zašto "gospodin" živi; budući da mu nije jasno da se bez zemlje dade živjeti, drži ovakvu uredbu društva, kakva jest, nekim nepravednim usudom koji mu nije prijatan.

Toša naveo razgovor na literaturu — i odmah došli mi u debatu.

— Vi se svi tužite da se naše knjige ne prodaju, da književnik stradava. Ja ti kupujem gotovo svaku našu knjigu; pa znaš što mi se čini da je krivo svemu? Vi ste svi nekakvi užasni slabići; ne vjerujete ni u sebe ni u drugoga, opisujete uvijek neke nervozne i izmučene ljude. A pogledaj ti nas ovdje što radimo po strani. Jedva ja razumijem to vaše umjetničko raspoloženje; a kako ćeš da se za nj zagrije široka masa puka? (Toša se sav zažari u raspravi i to mu izvrsno pristaje; njegova Anka gledala je u nj kao u svoj idol).

— Ti si, Toša, previdio da ta velika masa puka nas ne razumije zato što nas ne čita, pače što nas ne može čitati. A da ima i manje analfabeta, jedva da bi tvoj seljak iz Zdenaca imao kakav interes za lijepu knjigu.

— Naš je narod zapušten, to je istina; ali zašto Čeh, koji je doseljen amo, čita, pače i kupuje knjigu?

— Ima većih potreba duševnih; i naš čovjek kad bude nas razumio, prestat će biti seljak ovakav kakav je danas.

— A sad je sva vaša rabota zaludna?

— Nije; mi smo mali narod, pa zato i književnik ne nalazi mnogo ljudi kojima može da govori. Osim toga mi smo narod agrikulturan, a tu ti je uopće teško sa prosvjetom. Napredak knjižarstva i svih tih ostalih vanjskih znakova kulture čini mi se uopće samo moguć kod naroda koji je već prešao taj prvi stadij i prometnuo se u industrijalan narod. Radnik je puno bolji materijal za apostole svjetla. Znaš ti da danas izlazi više knjiga i novina u Češkoj nego u Italiji, premda je razlika kulture velika? To ti je sve zato što je Italija poprijeko slabija industrijom od Češke.

— Ali na taj način se uopće ne da ništa popraviti! Ti ćeš opisivati tvoje sumorne ljude, a mi ćemo biti optimiste i nećemo te razumijevati; ti ćeš skapavati od gladi, a mi nećemo imati što da čitamo!

— Pišemo, kako osjećamo. Da ja i hoću, recimo, opisati takav neki vedri tvoj muževni ideal, vjeruj mi, silio bih se: moja bi slika izišla slaba, pa ne bih djelovao ni na koga.

— Ali pomisli — narod hoće da vjeruje, i narod čeka takvu veselu i hrabru riječ od vas.

— Toša moj, ti rabiš veliku riječ: Narod! Eto ti ovdje tvoga naroda. Ja nisam daleko od njega, ja ljubim njegovo kolo (makar se u tom kolu redovito pjevaju pjesme koje su strašno nepristojne), uživam u njegovoj pjesmi; ja znam da se nigdje ne bih tako voljko mogao osjećati kao među našim ljudima, ja imam pače u sebi mnogo starinskog obožavanja našega kraja, rodne grude; ali, brate, priznat ćeš i sam da smo mi kraj svih tih čuvstava samo pjesnici i romantici. Što ovaj tvoj narod, s kojim si svaki dan, zna o Hrvatskoj? S njegovim selom svršen je njegov svijet — najviše da ide još do Broda. A Zagreb — a tek druga naša braća, daljnji naš kraj — što on zna o svem tom!

— Pouči ga, pa će znati (Toša je zaboravio da mi je sam dan prije pripovijedao kako je najteže seoskoj djeci utuviti u pamet zemljopisne pojmove).

— Ti si kazao sam da se u školi teško dade poučiti; a ono što ga kasnije poučavaju naši političari — mani, brate!

Tako smo došli na politiku i tu me je Toša gotovo opsovao što me to tako malo zanima. Ja sam mu spočitnuo da i on nema novina kod kuće; i bome, danas vidim da je od župnika iz drugoga sela dao dobaviti čitav svežanj starih brojeva.

Krasan je on momak! Duša tako puna radosti i ufanja, da je veselje gledati ga. Njegova Anka za nj kao stvorena. Ima samo jedno na pameti: njega i Miciku i možda još čitavu onu brojnu obitelj što će sigurno doći. Kraj toga svježa i prilično lijepa, a nije ni zapuštena kao mnoge naše žene.

I skromna, Bože moj! Meni se čini da Vera ne bi za sav svijet ostala u ovakvu pustom selu.

*

8. novembra

Sve je navika. Danas mi se već čini neobično da idem spavati a da ništa ne upišem u ove bilješke.

Vera mi je pisala. O, sjajna djevojko moja! Kako jednostavno a snažno izrazuje ona svoje misli. Par riječi — a kažu toliko, toliko!

Ona piše: "Pouzdajem se potpuno u tebe, i što si odlučio, držim da je sigurno dobro."

Večeras promatrao sam njenu fotografiju. Da li se je što promijenila od posljednjega vremena?

Dorian Gray Wildeov gleda svoj portret i vidi gdje se mijenja uljem oličeno platno. Misao je perverzna, ali lijepa. Da nema konca, gdje Wilde svoga junaka ubija "kroz platno", držao bih da je fantastični Englez htio kazati kako mi nalazimo u jednoj slici sve što hoćemo.

Istina je: mene danas oči Verine sa fotografije gledaju s mnogo pouzdanja.

Ipak je to moja puca!

*

Ne da mi se više ni metati datuma, jer ionako, čini mi se, prisilit će me Toša i njegova pospanost da svaki dan upisujem svoje dojmove.

Novembar, decembar, januar; u februaru ću sigurno dobiti mjesto. A ispit? Valjalo bi ga napraviti što prije.

Ludo je što nisam sa sobom ponio nikakvih knjiga. Ovdje dalo bi se krasno učiti.

Ja sam inače pravi lazaron što se tiče ljenčarenja — sviđalo mi se u Beču čitave dane sjedjeti u Arkadencafè i buljiti u štogod ne misleći ništa. Vera se srdila na me kad sam jednom nazvao divan jednim od najvećih obreta novoga vijeka.

Ovdje imam čitav dan da se odmaram, pa ipak ne ide. Kao da je ljenčarenje samo onda slatko ako zbilja čovjek ima nešto pametnije da radi.

Vidi se da me je Verino pismo razveselilo. Danas bih imao gotovo volju da nešto započnem, da pišem pripovijesti, što li. Čudna je stvar ta inspiracija. U Beču toliko puta sam prve godine znao uzeti pero u ruke, borio se, napinjao — i nikad ne dovršio ničesa! Naprosto katkad ne možeš da svladaš riječi, — ne možeš da nađeš izraza; izreka kazuje nešto drugo nego što si htio reći.

A u ono sjajno proljetno vrijeme kad smo se našli Vera i ja — kako je onda sve bilo lako! Jedva sam stizavao da perom uhvatim misao — i uvijek se tako jednostavno sama od sebe našla prava oznaka.

Uopće ono je bilo krasno doba. Nikad nije bilo u meni toliko volje za život. Kako je samo lijepo jedno za drugim dolazilo, uspjeh za uspjehom. U ljetu ja sam već bio sasvim u vrzinu kolu naših literata — i sve mi se činilo tako dobro, tako na svom mjestu!

Badava, uspjeh je velika stvar. Znam da sam pri pljesku općinstva u kazalištu (kad ću se opet odvažiti da pišem dramu?) zaboravio sasvim naša kritičarska uvjerenja kojima korimo "ukus naše publike".

Sad bih opet trebao nešto takvo. Malo se bojim doći u kakvo provincijalno mjesto — i biti profesor.

Hm — o svom zvanju ja dosada zbilja nikad nisam razmišljao. Ah — šta bi, imat ću još kada!

Laku noć, Vera — bit će sve dobro!

11. novembra

Nisam mislio da će se mene tako dojmiti ova vijest. Otvorim svežanj novina što ih je Toši poslao župnik, i nekim čudnim slučajem upane mi u oči jedno ime.

Čitam: Imenovanja i premještenja. Zora Marak, učiteljica više pučke škole — na višu djevojačku školu u V.

Dakle — tako je svršila Zora! Učiteljica — uzgajajući djecu, s vremenom stara djevojka sa praznim domom —

Što je ona radila, kako je proživjela ovih šest godina? Je li zaboravila sasvim na me — i umirila se?

Ja sam joj mnogo, mnogo kriv. Ako je zadržala spomen na našu ljubav — a to sigurno jest jer se nije udala, pače otišla u učiteljice — mora da je to muči. Ružno je misliti na to.

A ništa, ništa se više ne da popraviti. Što bi sad i značilo da joj pišem —

Ne, ne, ta je misao sasvim zla. Pa i ne smijem radi Vere. Možda je uostalom i mirna, zadovoljna svojim zvanjem...

Zašto sam je upravo ja imao susresti na svom putu i tako jadno raskrstiti se s njom?

Moj je život uopće dosada bio vezan uz ženu. Da li zato što mi romantici, senzitivna čeljad, tako jako osjećamo ljubav?

A velike ideje? Kako je malo istine u tom što pričaju filozofi! Govore o uredbi svijeta, o dobru i zlu, o silama i imperativima — a sve to konačno nije ništa drugo nego posljedica temperamenta i dojmova životnih.

Ja sam bio sasvim očajao poslije događaja sa Zorom. Onda mi je bio jasan i Nietzsche sa svojom anarhističkom mišlju o ubijanju samoga sebe (natčovjek sam sebe žrtvuje, odričući se čovještva), a kod Schopenhauera još me je i smetao njegov smisao za umjetnost. Gledao sam sve crno — nemilo.

Poslije susreta s Verom brzo sam se promijenio. Da, ostaje to donekle sve u nama, prošlost nas veže i zarobljuje; ali, za sadašnji čas, gotovo da ima pravo onaj naivni Grk što je htio da sve rastumači crnom i bijelom žučju.

Onda kad naša filozofija bude zbilja stabilna, kad imamo stalni smjer i stalan pogled na život — onda prestaje mladost i razvoj. Nastupa indiferentnost prema životu koja se dade izvrsno složiti u "apsolutno istinite" ideje. Kud je to mene zanijela misao — od Zore!

12. novembra

Lijepa je stvar obiteljski život. U njem mali, neznatni događaji koji inače prolaze neopaženi, dobijaju neku posebnu važnost. Tošo i Anka samo udvoje žive; ali objed, večera, šetnja — sve to za njih znači puno više nego što bi značilo za samca čovjeka. Gdje bi meni na um palo da s takvom ceremonioznošću sjedam za stol, pijem kavu i idem u nedjelju u posjete!

Oni to još rade i sa vječnim sretnim posmijehom. Pa kako malo treba za tu svu sreću! Toša je učitelj, ima trideset forinti plaće, od svojih novaca možda još šezdeset k tomu. A živu kao mala vlastela.

Nisam nikad mislio da je na selu život tako jeftin. Možda je to zato što nema ni prilike za trošenje. A mi u gradu — to je već drugo. Tošina žena umrla bi od dosade da se ne bavi kućnim poslima, kuha i sprema čitav dan, i vesela je kraj toga.

Došlo mi je danas na pamet da ovako Vera stoji u kuhinji i viče na Miciku neka ne ide blizu ognjišta. Nasmijao sam se tomu; badava, ne ide mi u glavu.

*

Danas više i ne znam koji je datum. Turci kažu da dani prolaze polako a godine brzo. Svakako, ja sam već tu treći tjedan, a nisam se još ni makao da što poduzmem. I Veri bih morao pisati — i molbenicu poslati, pa ništa.

Za molbenicu ima još kad. Da bar znam kuda će me smjestiti?

*

16. novembra

Nešto se iza brda valja. Eh — znao sam ja da to ne može tako mirno proći.

Piše mi danas stara Hrabarova. Sigurno joj se silno važan čini taj posao; jer ona, koliko ja znam, treba vrlo dugo dok se odluči da komu piše. Vera mi je pričala da se mora uvijek mjesto matere dopisivati s rođacima.

Sad eto piše stara. Pozivlje me da svakako gledam što prije doći u Zagreb, jer ima — veli — važna razgovora sa mnom.

Jesu li to znaci oluje?

Što se moglo dogoditi?

Verino pismo bilo je tako puno pouzdanja — bez ikakva spočitavanja. A stara među recima kori me što nisam odmah išao k njima.

Meni su se od davnine nečim vrlo dosadnim činile sve priprave koje dolaze prije braka. Službeno prošenje, pa zaruke, svadba itd.

Sad bome kod mene još gore; valja ići i na konferencije. Pa — ići ćemo.

III.

Ivane, ja bih s tobom imala nešto govoriti. Savjetnik Hrabar pogleda svoju ženu i začudi se. Oni su se izvrsno slagali: on, živeći po svojim navikama, ona, brinući se za kući i za Veru. Njegov saobraćaj sa ženom ticao se uvijek stvari koje su od godina bile već sasvim točno određene: mjesečnog prinosa za kuću (Hrabar je za svoje potrebe trebao razmjerno vrlo malo), poslova sa vlasnikom kuće, dobave vina (to je Hrabar uvijek sam obavljao); uopće bile su to sitnice radi kojih nije trebalo trošiti ni mnogih ni velikih riječi. Kad su radi Vere porasli troškovi u kući, pomnožao se i dohodak Hrabarov — tako da bi Hrabar sam sebi veoma teško bio mogao pomisliti nekakav neočekivani događaj, veću potrebu novca ili tako nešto što bi ga prisililo da sa ženom govori drugačije nego obično.

Nema sumnje — sad se je nešto dogodilo. Hrabaru se žurilo u kavanu, ali ipak nije htio da to rekne, nego samo nesigurno odvrati:

— Je li potrebno da to bude odmah?

— Što prije, to bolje. Veru sam upravo zato poslala Golubićevima.

— Ja sam spreman, draga.

Gospođa Nina sasvim teatralno pođe do vrata i otvori ih, kao da bi tko mogao prisluškivati. Nije bila afektirana; ali sad joj se nekako činilo da će razgovor s mužem radi toga dobiti veću važnost.

Hrabar je frkao cigaretu i čekao.

— Stvar je veoma ozbiljna. Mi ti dosada o tomu nismo ništa govorile, osobito ja ti nisam ništa kazala premda sam htjela već više puta. Tiče se Verine udaje.

— Što, da nije Andrijašević — —? —

Hrabarova prekine naglo muža.

— Što misliš — da je on ostavi! Kako ti to može pasti na pamet? Ja ne bih nikad dala da do toga dođe. Ako se ima razvrgnuti ta osnova, onda ćemo to učiniti mi, ali nikad on.

— Dakle — ti hoćeš razvrgnuti, šta li?

— Slušaj. Andrijašević je prije tri tjedna pisao Veri da je napravio rigoroze, ali da ne može načiniti profesorskoga ispita jer nema novaca. Prije je uvijek (bilo je to samo jednom kad ga je pitala; ali sad je Hrabarova osjećala nekakvo veselje da Đuru pred svojim mužem ocrni) govorio o nekom stricu koji da je bogat — i zato sam ja popustila Veri i pristala da budu ovako napola zaručeni; sad piše da je taj stric umro, a nije ostavio ništa.

— No, pa mladić će načiniti ispit...

— Kud ti misliš, molim te! "Načiniti ispit!" oponašaše Hrabarova muža. Dragi moj, taj ispit može biti načinjen tek iza godinu dana, možda dvije. A Vera je danas već u dvadeset i petoj godini. Dvadeset i pet i dvije su dvadeset i sedam. Profesor M. mi je rekao da su sad šanse slabe, pa da se poslije ispita još mora čekati dok se dobije kakva — takva plaća. To ti je dvadeset i osam.

— Čekali su se toliko vremena —

— Da, ali sad je toga previše. A da je na koncu ostavi, što ćemo onda? Mi nismo bogati; a Vera je ponosita djevojka. Jedino dijete ne smije se tako lako prepustiti sudbini. Ukratko: ja sam puno mislila o tom i na koncu sam pisala Andrijaševiću da dođe k nama. Zato sam ti htjela reći da ne budeš odviše ljubazan i intiman s njim ako bi možda prije tebe sastao.

— A djevojčica? (Hrabar je Veru zvao uvijek djevojčicom makar je već bila i punoljetna).

— To prepusti meni. Hoću da budemo načistu.

— Dobro, draga. Samo nemoj bez razloga žalostiti djeteta.

Hrabar ustane, poljubi ženu, što gotovo nikad inače nije činio, i ode u kavanu.

*

Hrabarova nije svomu mužu kazala svega: nije mu rekla naročito to da je njena čvrsta namjera na svaki način što prije razvrgnuti te zaruke. "Pa to i nisu nikakve zaruke; uopće je s tim Andrijaševićem sve išlo nekako bez reda. Kao da se moramo stidjeti toga, tajimo pače da je Vera zaručena. On je nije ni isprosio, nego mi je ona sama sve rekla. Svakako je bolje da smo držali sve tajno i da nismo dali štampati objave".

Đuro nije Hrabarovoj bio nikad pravo u volji. Znala je da je silno naobražen, čula ga je hvaliti, bila u kazalištu kad se predstavljao Đurin komad. Ali upravo to nekako ju je sililo na nepouzdanje. A osim toga: uvijek je sanjala o kakvoj lijepoj partiji za Veru, htjela je svoje dijete vidjeti u dobrim rukama i sigurno računala da bi se za nju našao i lijep i uman i bogat muž, samo kad ne bi bio došao na srijedu "taj" Andrijašević. Još dok je bilo govora o njegovu imutku, hajde de — ali sad!

Pa opet — te su se zaruke, koje nisu bile zaruke, strašno oduljile. Gospođa Nina računala je pred tri godine da Andrijašević za dvije i po godine najdalje može već doći po Veru. A kad tamo, prošle su i četiri godine — i opet ništa. Što sad hoće s tom izlikom o rigorozima i o ispitima? Mogao je već sve svršiti, pa bi se dalo sad nekako još govoriti o tom braku. (Hrabarova nije računala na to da je Đuro upravo Veri za volju napustio pravnički fakultet, u koji je bio upisan već četiri semestra, i pošao na filozofiju samo da brže svrši).

"Svakako — skrajnje je vrijeme da se nešto odlučno učini. Uzmimo najbolji slučaj da on i napravi ispite. Kako će oni živjeti poslije toga? A kraj svega toga mi riskiramo da još na kraj kraja ostavi djevojku. Vera će za dvije — tri godine već prijeći dobu kad se još može računati na prosce. A onda?"

Hrabarova plašila se užasno pomisli da bi se moglo dogoditi da joj kći ostane "neopskrbljena". Znala je doduše da Vera sa svojim naukama može služiti sama kruh, ali to je držala pravom nesrećom, mnogo većom nego što bi bio brak makar s kim.

Jedino — bojala se kćerine odlučnosti. Zato je i htjela govoriti najprije s mužem da skupi malo smjelosti za objašnjenje sa Verom. Kad bi samo malo bilo moguće odvratiti djevojku od Andrijaševića, ostalo — mislila je gospođa Nina — došlo bi već samo po sebi.

I pri tom je uvijek izbrajala svu gospodu koja su se zanimala za Veru prošle sezone kad je, unatoč kćerinu opiranju i hladnoći sa Đurine strane, mati ipak uspjela da kćer povede na neke zabave.

*

Obavijest Đurinu primila je Vera sasvim mirno. Osjećaj prema njemu bio se je već u nje sasvim ustalio; iz mlade nagle ljubavi koja ju je bila sasvim potresla prije četiri godine, razvilo se tiho i sigurno uvjerenje o budućem zajedničkom životu.

Svi muškarci koji su do susreta s Andrijaševićem s njom dolazili u dodir, bili su poprijeko nekako jednaki. Besprikorno odjeveni, u društvu više ili manje duhoviti, više ili manje muzikalni. Upravo kao i ona sama, svi su ti muškarci živjeli u atmosferi neke odmjerene etiketnosti; govorili su uvijek o kazalištu, o ledu, o putovanjima, o literaturi — jednakom lakoćom, sa istim posmijehom, sa istim mirnim gestama.

Andrijašević očito nije bio čovjek iz toga svijeta; redovito nije govorio mnogo, a kad bi što opazio, vidjelo bi se da sâm puno ozbiljnije od drugih shvaća svoje riječi. Isprva se Veri činilo da to nije sasvim u skladu s pravilima općenja; no iza razgovora o Tolstoju, koji joj se živo i zauvijek usjekao u pamet, znala je da taj Andrijaševićev način izbija zbilja iz dubljine duše, da je posljedak proživljenih i promozganih časova. Ali njene djevojačke misli nisu stale pri tom; odmah je u sebi stvorila neku legendu o njem — njegova inteligencija, koja ju je od prvog časa privlačila, sad joj se priviđala konačnim rezultatom života, punog borbe i muka. I odmah je, kako su rasli njeni osjećaji za nj, zamislila sebe u prilici neke vrste milosrdne sestre ili uopće blage prijateljice koja želi da olakša nevolje tomu stranomu i nejasnomu čovjeku.

Riječ "ljubav" nije joj dolazila na um; a još manje sve ono što je dosada držala da se spaja sa zaljubljenošću: ples, posjeti u kući, pa zaruke itd. Svoje osjećanje tumačila je jedino kao simpatiju, a kako je bila puna reminiscencija iz literarne historije o prijateljstvu duhovitih žena i genijalnih muževa, njeno poznanstvo s Andrijaševićem, umnikom i književnikom, dobivalo je za nju posebnu aureolu.

Kad Andrijašević poslije razgovora o Tolstoju više dana ne dođe blizu, pače propusti ispričati se što nije došao na žur, Vera osjeti da je njena "simpatija" veoma jaka. Stane sve više razmišljati o njem i tumačiti njegovo izbivanje, pogađajući da Andrijašević također opaža u sebi veliko nagnuće prema njoj i da to nagnuće želi zatomiti. Zašto — nije mogla da dohvati. Pokuša pače kriviti samu sebe, smišljajući sve moguće uzroke radi kojih bi se on bio mogao "rasrditi" na nju — no ne dosjeti se ničemu ozbiljnomu.

Đurina pjesma, ta jasna i bolna ispovijest ljubavi, dojmi se nje kao prava oluja. Sto se čuvstava ganjalo u njenim grudima — i konačno se sve složi u ogromnoj nekoj samilosti prema njemu, koja je nagna da se na pisamcu potpiše prvim slovom svoga imena.

No što se više približavalo vrijeme sastanka, Vera je više gubila svoju smjelost. Na kraj kraja stane koriti samu sebe što je mogla počiniti takvu netaktičnost i pisati mu. Odluči da bude hladna prema njemu; — no sve njene odluke padoše u vodu u čas kad je razabrala da je Andrijašević ljubi. Nije ni trebala njegovo pismo koje joj je drugi dan donijela pošta: — čitavu noć Vera nije stisla oka, spočitavajući sebi svoje ponašanje, s bolju se spominjujući iznakaženih, izmučenih crta Andrijaševićeva lica i njegovih očajnih riječi o rastanku. Taj čas otkrio je i njoj svu obmanu u njenom mišljenju o "simpatiji" i "prijateljstvu" prema Đuri; — i iza suza i molitava u kojima je prošla noć, Vera ustane sa novom spoznajom da je njen život vezan uz Andrijaševića snažnije i dublje. Nije više ništa neobično vidjela u tom da sakrije njegovo pismo pred majkom koje slučajno nije bilo kod kuće kad ga je listonoša donio; sasvim mirna, uvjerena o nužnosti svega što radi, otišla je poslije podne k maestru i poslala Andrijaševiću svoje priznanje.

*

Ti prvi dani bijahu najburniji u njenoj ljubavi. Način njena općenja prema Đuri izvana se veoma malo promijenio poslije toga; oni su znali da se vole i živjeli u toj sreći, zadovoljni susretima kod Đurinih posjeta, toplijim stiskajima ruke i tihim razumijevanjem kojim su oboje pratili razgovore društva, glazbu i sve ostalo što je i prije spoljašnji njihov život ispunjavalo. Tek par puta mogli su da se duže porazgovore nasamu; Andrijašević nije od nje nikad tražio ni duljih susreta ni ičega što bi je moglo natjerati u strah jer je "nekorektno". Do ponovnog odlaska Đurina u Beč nitko nije znao za njihovu ljubav; oni si pače nikad ne bijahu rekli "ti!" Tek kad je trebalo otkriti sve majci, Đuro je prvi put smio tako zvati Veru i tu, na sam dan odlaska, njihove se usne prvi put nađoše u cjelovu.

Kasnije tek, kroz dugo dopisivanje, oni upoznaše sasvim jedno drugo. Đuro je Veri slao čitave arke, ispisane dojmovima, osjećajima, uspomenama; a Vera je — makar mnogo suzdržljivija od njega u očitovanju vlastitih čuvstava — odvraćala jednostavnim događajima svojega života koji je u svakom času bio pun ljubavi za nj. Naučila se pitati ga za savjet u svem, priopćivati mu rodbinske novosti, opisivati nova poznanstva; — i baš to, da se njihova ljubav sve jače razvijala upravo u dopisivanju, dalo je njihovu odnošaju neki zreli i ozbiljni biljeg.

Mati Verina bila je zadovoljna bar tim što je ta Verina obveza tajna za čitav svijet; a nije ni slutila kako Đuro i Vera u svojim listovima prave stalne osnove u životu koji će doći i mirno, sigurno gledaju u budućnost. Vera postajaše kraj toga sve ozbiljnija, prestale je zanimati zabave i prijateljice — i gospođa Nina par puta — sama se u sebi plašeći svojih riječi — nađe priliku, da je ukori, što je "već sasvim kao stara frajla."

I zbilja — u djevojke se osjećaj ljubavi za Andrijaševića sam od sebe prometnuo u neko uvjerenje o dužnosti. Strogo odgojena, nalazila je najljepšu stranu ljubavi upravo u toj odluci: biti vjerna, pomagati kao družica života mužu. Njen osjećaj dobije s vremenom nešto oporo, stalno; užitak neposredna dodira s muškarcem bijaše Verinim mislima nepoznat; a što su dulje trajale zaruke, to je mirnije i sabranije ona posmatrala svoje buduće živovanje.

Djevojka nije opažala da je njenom miru glavni razlog to što se sve više odaljuje od cvata djevojačke dobi. Tim više osjećala je to gospođa Nina: ova je nezadovoljno gledala kako Vera pomalo dobija navike gospođice koja nije više mlada. Drugarice bijahu se poudale; a za društvo mlađih od sebe Vera nije više imala smisla. Uz majku stala se sve više zanimati za kuću, postala sasvim skromna u svojim zahtjevima glede toaleta, navikla se čitati preozbiljne knjige i razgovarati sa starijom gospodom. Pred godinu dana, kad joj je Đuro pisao kako bi žena ipak u brak imala da stupi kao neodvisan čovjek, imajući zvanje i zaslužbu, uhvatila se bila knjiga i napravila ispit za učiteljicu. Nina Hrabarova, ostarjevši i sama, grizla se u sebi što se njena kći tako pomalo sve jače odaljuje od one budućnosti koju je mati htjela da spremi svojoj jedinici: da je vidi sretnu mladu gospođu, udatu za muža koji joj može dati bar ono na što je kod kuće bila naučena. Time što se je Vera dan na dan više sprijateljivala s mišlju da će morati živjeti skromnije nego dosada, odmakla se daleko od shvatanja svoje majke ne samo u tom pitanju: — i tako je u posljednje vrijeme (osobito, otkad je Đuro opet morao u Beč jer "još uvijek nisu svršene te njegove nauke koje konačno ionako ništa ne nose") došlo više puta među majkom i kćeri do jačih nesporazumaka. Vera koja je negda sve povjeravala majci, stajala je kod svih tih razgovora o Andrijaševiću tako čvrsto na strani svoga zaručnika, da je to ostavilo duboki trag u odnošaju s materom. Slijedili su dani neugodne šutnje, neizrečenih prikora — i Hrabar je sam češće znao oćutjeti da u njegovoj obitelji nije sve onako lijepo i veselo uređeno kao negda.

*

Gospođa Nina odlučila je ovaj put ne popustiti — i kako — tako svoju kćer osloboditi od upliva Andrijaševićeva o kojem sada, poslije njegove zadnje obavijesti, nije govorila drugačije nego "tvoj đak" ili "on". Bojala se Vere, pa je — makar joj je pisanje pisama, a osobito ovako odlučnih pisama, bilo prava strahota — smislila da će biti najbolje ako sama pozove Đuru u Zagreb i tu se s njim "ozbiljno porazgovori". Veri nije bila ništa ni kazala o svom pismu; no kad je Andrijašević najavio svoj skori dolazak, znala je da valja obavijestiti kćer.

Sva u strahu radi toga razgovora odgađala ga je od dana do dana; no pošto je već bio blizu čas Đurina polaska u Zagreb, upotrijebi prvu zgodniju priliku i iskaže se Veri.

— Zašto si to učinila bez moga znanja, mama? Ja ne vidim nikakva razloga da se pri tom što skriva.

— Oprosti, Vera; no ti valjda vjeruješ da ja sve što činim činim samo od ljubavi za te i od brige za tvoju budućnost. A ova stvar ne može ostati tako kako ti hoćeš.

— Kako to da ne može ostati?

— Lijepo. Ti si tomu đaku obvezna, kloniš se društva, ne ideš nikamo. A on nema prema tebi nikakvih obveza. Najprije je govorio da će svršiti za tri godine, pa nije učinio ništa. Sad opet nije svršio sasvim. Prije je pripovijedao o nekakvom imutku; a sad nema od toga ni novčića. Na koncu će reći da ga nije za tebe briga; i ti ćeš, draga moja, ako tako bude dalje išlo, ostati neopskrbljena i biti velika žalost mojih i očevih starih dana. A sve je to moglo drugačije biti da si mene slušala...

Mati je tu stala plakati, najprije gutajući suze, a onda sve jače spočitujući kćeri. Vera nije znala što zapravo mati hoće (ova joj se nikako nije ufala reći da želi razvrći zaruke), ali su je zaboljele majčine suze — i napokon je, više da umiri mater nego od ozbiljne namjere, pristala da majka sa Đurom govori i da "uredi stvar".

— Samo mi obećaj jedno: da se nećeš protiviti mojim odlukama.

— Što bude Đuri pravo, bit će i meni — odgovorila je Vera.

*

Tri dana iza toga sjedio je Andrijašević navečer sam kod stola u hotelskoj gostioni i razmišljao o svom posjetu kod Hrabarovih.

"Sa kakvom ozbiljnošću govorila je stara — gotovo kao u kazalištu. Kako je samo lukavo udesila da nisam s Verom ni čas bio nasamo! Stari je pače morao ostaviti svoju partiju taroka; sigurno mu nije bilo sasvim pravo; ali badava, morao se podvrgavati da sudjeluje kod naše zanimljive rasprave".

"Ja sam se negdje kukavno morao prividati kod toga razgovora. Uzalud, nisam ja za to stvoren da dođem odviše u blizinu mnogim ljudima. Sam biti sjajna je stvar. Eto, sad mogu da o svem tom što se dogodilo mislim i studiram; a poslije podne tako su me zatekli sa svojim dramatskim prizorom, da nisam imao ni sjenke misli u mozgu. Ispitivali su me kao đaka na ispitu!"

Riječ "dramatski prizor" svidi se Andrijaševiću; i najviše radi te oznake učini mu se — ali samo načas — ne tako užasnom scena kod Hrabarovih.

Dogodilo se ovako:

Na kolodvoru dočekali ga Vera i otac. Djevojka mu je odmah iza pozdrava saopćila da se nadaju vidjeti ga još danas kod njih i kasnije mu prišapnula da je mati spremna na ozbiljne razgovore. Hrabar nije znao pravo kako da se prema njemu drži; i konačno su nekako svi bili zadovoljni kad je Đuro zašao u hotel.

Kod Hrabarovih nađe staru i oca; Vera će kasnije doći jer je "morala" nekamo u pohode. Gospođa Nina potužila se Đuri na glavobolju, zapitala ga u nekoliko nesvršenih izreka o boravku u Slavoniji, i odmah stala govoriti o svom pismu.

— Pisala sam vam zato što ćete i sami uvidjeti da mi sreća moje kćeri mora biti na srcu. Ja i moj muž hoćemo da kao roditelji jasno znamo na čemu smo.

— Molim, molim — (Đuru je ovaj nagli nastup sasvim bio smeo; kad je dalje Hrabarova govorila, njemu se stala vrsti glavom misao: Pa što ona hoće reći tim "na čemu smo?" Ta ja još ni sam ne znam na čemu sam!)

— Mislim da nije nikakva uvreda — umiješa se stari Hrabar — ako hoćemo da budemo načistu s vama. Clara pacta, boni amici. Mi smo dosada imali pouzdanja u vas...

— Držim da nisam učinio ništa što bi me ponizilo u vašim očima.

— Stvar je svakako postala malo neugodna za nas. (Gospođa Hrabarova stala je najednom govoriti oštro i gorko). Ja sam držala da ćete već ove godine sigurno biti u takvim prilikama te ćete moći ispuniti svoje obveze prema Veri.

— Nije moja krivnja što to nije zasada još moguće.

— Naša krivnja sigurno nije — naglasi gospođa Nina. Vera nije više djevojčica da možemo tako pustiti stvar...

Iza toga dođoše na red stari i Andrijaševiću dobro već poznati upiti o budućoj egzistenciji. Ali ovaj put mati Verina nije mirno slušala njegovo razlaganje, pače se nije žacala s ironijom govoriti o njegovoj mogućoj karijeri. Đuru je pri tom neugodnom raspredanju sasvim ostavila srčanost i na kraj kraja samo je spokojno slušao riječi roditeljâ iz kojih je sve jasnije razabirao kako je malen u njihovim očima. Niski — strašno niski pričiniše se opet njemu oni dok su govorili o svoj toj ljubavi kao o nečem što se dade izbrisati kao stavka u trgovačkom računu. Nije osjećao ni boli ni srdžbe — jedino je htio da se što prije oprosti od njih da ih ne mora slušati.

Konačno je gospođa Nina iznijela svoj zahtjev ("i to je najmanje što od vas možemo tražiti") da Đuro dođe k njima tek kad svrši ispite, a dotle da Veri ne smije ništa pisati.

— Moja je kći gotovo kompromitovana radi vas. Svi se čude zašto ona ne ide na zabave. Dok ste još bili đak, ja sam stisnula jedno oko; ali sad vam otvoreno kažem da mi nije pravo što mi se kći radi vas zapušta. Obećali ste svršiti nauke, a svršili ste samo napola... i tu je gospođa Nina opet stala redati svoje prigovore, ne pazeći mnogo da li njene riječi ne diraju samu ozbiljnost, zrelost, pače poštenje Đurino.

Bujicu ženinih riječi prekine Hrabar kojemu se ipak nije činio opravdan takav sasma grubi način.

— Vi ste, gospodine doktore, u dobi kad vam sigurno ne treba više tumačiti kako su ozbiljne i važne obveze koje su sadržane u paktu zaruka. Vi niste sa našom kćeri vezani tom službenom svezom, pa ni još sad ne može se na to misliti jer nemate osigurane egzistencije niti je možete pružiti Veri. S druge strane, vi ste našom popustljivošću dobili neka prava, osobito to da se dopisujete sa Verom...

Đuru je to mirno razlaganje boljelo više nego Hrabaričino očito neprijateljstvo.

— Recite jednostavno, što želite od mene — sasvim je suvišno razlaganje. Vi imate pravo da me bacite van ako hoćete; ja dakle ne mogu nego da slušam. Vi hoćete da ja ne pišem Veri...? Koliko? Godinu dana? Dok svršim ispit? I za to vrijeme vi ćete je voditi na zabave, tražiti joj muža — je li?

— Molim da pustite na stranu takav ton — uozbilji se Hrabar. Ne uzrujavajmo se bez potrebe. Stvar je jednostavna: mi hoćemo jedino da prestane dopisivanje između Vere i vas za vrijeme dok ne budete mogli doći po nju.

("Ah, da je samo pobjeći odavle! Ja ću im još reći što ludo — uvrijediti ih! Sve, sve, samo da me ne muče, da me puste!")

— Dobro. Ja moram pristati na sve i pristajem na sve.

U taj čas ušla je u sobu Vera. Mati je odmah, ne sakrivajući svoga zadovoljstva, saopćila kćeri da su se oni, roditelji, upravo eto sporazumjeli sa "gospodinom Andrijaševićem" glede načina kako će se "čekati dok gospodin doktor bude mogao doći po Veru."

— I ti si pristao na to da mi ne pišeš ništa?

Vera mu je prvi put pred ocem i majkom rekla "ti".

Andrijaševića to potrese dokraja.

Pogleda u nju — i susretnu ga dva oka, puna zadržavanih suza.

— Morao sam pristati, Vera. Ja nemam na te nikakvih prava osim onih koja mi se daju.

— Molim, molim — mi poštujemo vaša čuvstva; ali ovako je ipak bolje — javi se Hrabar.

Vera je, ne skidajući krzna, stajala kod vrata.

— Đuro, kako će to dugo trajati?

— Par mjeseci...

Đuri su riječi tek preko volje prelazile preko usana; nekako strano, tuđe, učinilo mu se sve što sluša i što sam govori.

— Eto vidiš, Vera, sad odvisi sve od volje gospodina doktora prekine Hrabar neugodnu šutnju koja je nastala iza riječi Andrijaševićevih.

Vera još uvijek nije pogledala svraćala s njega. Mati očito se bojala neke provale čuvstva kod nje i nije htjela utjecati u razgovor.

Ali kći nije ni proplakala ni stala da se tuži. Pošla je polako k Đuri, stala uz njega kao da hoće označiti svoje mjesto u kući, i rekla, više majci nego onomu koga su se ticale njene riječi:

— Kad si ti pristao, ti znaš da se ja neću opirati dalje. Mama se boji svijeta. Neka joj bude. Ti znaš o meni, i ja o tebi, da se u ovih par mjeseci nećemo promijeniti. Dao si riječ da nećeš pisati. Dobro. Držat ćemo je i ja i ti. Ali onda kad prođe to kratko vrijeme, odlučivat ćemo samo mi, ti i ja.

("Ah, ti govoriš o kratkom vremenu — a kako će to dugo biti! I što je cijeli taj zahtjev nego komedija! Kad bi samo drugi otišli, da ti ja to mogu reći — potužiti se!" — pomisli Đuro u sebi.)

Verina odlučnost sasvim je smela majku. Osjetila je odmah da valja umanjiti dojam Verinih riječi (Hrabar je sasvim začuđeno gledao "djevojčicu") i stala govoriti kako je naravno da se "gospodin doktor" ne smije čuditi ako bude ona Veru vodila više u društvu itd.

Tu je Andrijaševiću postalo jasno: Ovdje sam suvišan. Ne trebaju me, tjeraju me. I kad je Vera stala odgovarati majci a Hrabarova nato opet prelazila u prijašnji oštri ton govoreći o "nesigurnoj budućnosti" — Đuru je stala upravo fizički boljeti svaka riječ. Na mahove mu se pričinilo sve smiješno — i Verin plač i očeve utjehe. Morao je da sluša prekoravanje Verino i odgovore gospođe Nine — i tu je prvi put potpuno i jasno razumio da ga Verina mati samo trpi, da već dugo pripravlja razvrgnuće. Bilo ga nekako stid što mora da čuje te obiteljske svađe i nabrajanje svojih pogrešaka kojim je Hrabarova odgovarala na Verino spočitavanje. Što je Vera više naglašavala svoju vjeru u njega, on se osjećao bespomoćniji, bjedniji.

"Pobjeći, pobjeći" bila mu je jedina misao. I kad je Vera napokon pala u naslonjač i stala se gušiti u suzama, jedva je smogao snage da je pomiluje po kosi, da joj reče da će skoro doći, da se to tako neće svršiti.

Izišavši na ulicu, udahnuo je duboko zraka i lagano, ne misleći u prvi čas ništa, uputio se u kavanu. Kao da ga je netko riješio ukletog kola, zaboravio je u prvo vrijeme sasvim što se dogodilo. Našavši par znanaca, stao je razgovarati o bilo čemu i tek kad su u kavani zapalili svjetiljke a vani se u sumračju zimskoga predvečerja stali kao sjene kretati ljudi po pločniku, osjetio je nemir i potrebu da bude sam.

Potražio je gostionu s malo ljudi i sad sjedi već dva sata tu, u uglu kraj stupa, proživljujući po stoti put prizor kod Hrabarovih.

*

Ipak je sve to neiskazano gadno! Četiri godine života, ufanja, mira — sve to oni misle otpuhnuti smiješnim razgovorom o egzistenciji... Zar je uopće moguće da se na taj način prekida jedna veza koja je dva čovjeka spojila i bez svih tih službenih karika jače nego što može spajati krv? Ljubav, snovi, budućnost — sve je to ništa. Našli su valjda za Veru kakvog ugojenog bonhomma u sedmoj dijetenklasi — i sad ne mogu da pojme da se dade živjeti bez prava na veliku penziju.

"Opskrbljena" — koliko su puta rekli to danas poslije podne! Radi te opskrbe valja dakle da se zaboravi sve što je bilo među nama... Da je došla smrt — bolest — potres — da je došlo makar koje novo jako čuvstvo, da je Vera osjetila ljubav za drugoga — neka bude, ja bih stisnuo zube i šutio. Ali ovako! Zahtijevati od mene da se maknem samo zato što treba dvije — tri godine prije doći do toga da možeš imati svaki dan voće poslije objeda...

"Da, da se maknem... Oni to hoće. Stara je to otvoreno kazala. Sve je drugo izlika: i taj uvjet da joj ne smijem pisati, i Hrabarovo tješenje da se nada za dvije godine vidjeti u meni gotovog profesora s titulom, sve je to laž. Njima je na umu da mi je otmu, da me ponize, pritisnu u kut".

Osjećaji mijenjali se u Andrijaševićevim grudima naglo i bezrazložno. Čas bi se zgrozio nad tim kako Hrabarovi postupaju s njegovom i Verinom ljubavlju; a čas opet stao bi ironizovati samoga sebe i svoje nade.

"Ta da, stara pjesma. Rođen bez sreće... Što je uopće i trebalo micati se onda iz Beča? Čemu dolaziti u Zagreb, naći nju, buditi se na nov život? Danas ja bih već bio davno, davno svršio. Bio bih možda kakav odvjetnički pisar, pio svaki dan svoju mjeru i čekao smrt. U što svi napori i muke?

"I to sve radi jedne fatalne gluposti, radi smrti Tomine. Da Toma nije umro, ja bih još jedan semestar ostao gore, napravio ispite... Miruj, miruj, luđače! Sve je pisano u zvijezdama, vele istočnjaci koji su sfingu života ispitali prije od nas... Što ja tu ludo sanjam kako bi sve drugačije moglo biti! Naravno, i na lutriji bih mogao dobiti; ali to su budalaste dosjetke..."

Na mahove pričinjalo bi mu se sve smiješnim. Nerazmjer između veze koja ga je spajala sa Verom i tričavoga pitanja o suplentskoj plaći činio mu se tako ogroman, da je čitav događaj postajao komičnim. Poslužnik je dva — tri puta iz svoga kuta (gostiona bila je gotovo sasvim prazna) čudno pogledao stranca koji se od vremena do vremena podsmjehivao.

"Prvi dodir s tim takozvanim životom — i eto ti ga: suze, poniženje, gorčina. Jadna Vera — ona sigurno trpi... što su samo njoj morali govoriti ove zadnje dane!... A sad?"

"Otići kući — zatući se u kakvo malo mjesto i učiti... Otkud naći snage da izdržiš godinu dana napora i dosađivanja? Njoj se ne smije pisati — baš su krasno smislili svoj uvjet..."

Poslužnik nosio je, već i ne čekajući zapovijedi, novu — bogzna koju čašu.

"Ah. To je jedina istina što se dade uhvatiti rukama... In vino veritas... Luđaci misle da to znači da pijani ljudi govore istinu... Vino je istina, to ti je smisao... Alkohol opija sigurno, omamljuje, svladava sve. Tomu ne odoli ništa. Ne treba ni fantazije ni osjećaja; — sam od sebe pretvara te u drugog čovjeka, trza te iz ružne sadašnjosti..."

S užitkom alkohola rasla je i ironija. Andrijaševiću se sve besmislenijim pričinjao sav njegov rad u zadnje godine; piljeći u dim cigarete, zapane u otupjelost, gledajući sam na sebe kao na nekog uboga prosjaka koji je bio tako lud i nadao se naći milosti kod dobrih ljudi.

"Prosjak, prosjak... budala koja je vjerovala da se život dade uopće učiniti nečim snošljivim... I sad si pred vratima... putuj dalje, bokče, dok te ne proguta noć..."

Potkraj napane ga bijes — očajna, krvava srdžba na sebe samoga, na svoju lakovjernost, na uludo snovane sne. Činilo mu se da plače od toga bijesa — ali ne da plaču oči, nego kao da se negdje duboko u unutrašnjosti kao suza za suzom lomi nešto i boli ga i peče...

"Lenauovi stihovi... kako je ono pjevao u tri ciganina: wie man's verspielt, vergeigt und vertrinkt und es dreimal verachtet... Prezreti treba sve, stisnuti šaku, izgrepsti iz mozga..."

Poslije dugo vremena Andrijašević se te noći, pijan do besvijesti, našao u društvu žena na koje iza prvog susreta s Verom nije mogao da gleda bez gnušanja.

Ujutro otputuje prvim vlakom na Rijeku k majci.

*

Lijeno i dosadno proživi dva mjeseca. Rješenje molbenice nije htjelo da stigne; kad se sasma bio već primakao početak druge polovice školske godine, pomisli Andrijašević pače da možda i nema praznih mjesta.

"I to bi bilo sasvim u skladu sa mojim nedaćama".

Posljednji dan siječnja dobije brzojav da je namješten za suplenta u Senj. Vijest ga razveseli; ali se odmah sjeti da ni toga ne smije javiti Veri ("Ona tek iz novina mora da dozna za moje namještenje!") i bez prave volje spremi se u svoje novo boravište.

IV.

7. februara

Prekapam danas svoje papire — i eto što nađem: bilješke iz Zdenaca. Pročitao sam ih — pa mi se sad sasvim lijepo vidi što sam onda u ono nekoliko dojmova zabilježio svoje état d'âme. Čini mi se kao da sam pričvrstio na papir svoju fotografiju uhvaćenu u jedan čas.

Pa — nastavimo! Možda će me proći opet volja da pišem, i prestat ću; ali za koji mjesec opet ću znati na kojoj sam točki svoga puta stajao tada.

Mnogo se toga promijenilo otkad sam posljednji put u Zdencima upisao svoju odluku da poslušam poziv i odem u Zagreb. Mnogo, mnogo — —

Ona noć ne da mi mira. Opiti se — i svršiti još u onakvom društvu — — ne, nemam grižnje savjesti jer znam da ništa ne činimo od svoje volje, ali me ipak boli.

Spominjem se jedne večeri kad sam u Beču slušao Pastorale od Beethovena. Koliko puta svirali smo to Vera i ja! Na koncertu, usred nepoznatih ljudi, bilo mi je kao da je ona negdje u mojoj blizini — zvuci kao da nisu dirali samo moje uši, nego odjekivali u još jednom srcu. Kao da je Vera negdje u dvorani — sakrita u loži, zaklonjena u mnoštvu — ja sam osjećao njenu blizinu: još više — ćutio sam i to kako se nje sada doimlje svaka nota...

A ona mi je zbilja pisala za koji dan da je tu večer bila silno uzrujana i sjećala se našeg zajedničkog sviranja.

San? Mašta?

Ne znam. Ignoramus. Ali meni se činilo da je smiješno tu lijepu istinu potiskivati našim frazama o materijalnosti duševnih funkcija. Što mene briga da li mozgovna stanica misli ili ima neki viši, nematerijalni nosilac naše duševnosti; što ja marim da li je zatreptala kakva nevidljiva opnica i u daljinu ponijela val onoga osjećaja ili je neka nadnaravska moć u isti mah zaigrala na harfi našega "ja" — ! Zvao se taj instrumenat ovako ili onako, bio on od krvi ili od ničesa — meni je poslužio tako da je preskočio stotine kilometara i zakucao njoj, baš njoj na vrata duše.

A što ako je Vera osjetila i moje bjesnilo, moj samorazorni očaj u onoj noći...

Ah, da joj mogu pisati!

Dolazi mi na um češće da prekršim riječ. Ne bi bilo teško: napišeš pismo, pošalješ i — povjeriš sve slučaju. Ako je Vera sama kod kuće, primit će ga.

— A da ne primi?

Ne, ne — bilo bi ružno. Mogao bi mi Hrabar spočitnuti da ne držim riječi. A i u Verinim očima to bi me ponizilo.

Znam dobro da ona iza majčinih leđa ne bi poduzela ništa, osobito sada. Pa — ne smijem da uništujem njenu vjeru u mene, ne smijem da se pokazujem slabim.

Izdržat ćemo.

*

8. februara

Toša je imao pravo kad nas je korio da opisujemo same slabiće. Još gore: mi ih ne opisujemo, mi jesmo nemoćni. Ljudi smo hira i časa, bez otpora.

Mene je sad kad mislim na posljednji boravak u Zagrebu, gotovo stid. Zašto sam onako u tren bio izgubio svu energiju? Najprije — mogao sam ionako očekivati da ću sada sasvim ozbiljno imati da mislim o Verinoj i mojoj budućnosti — i da o tom dam računa njenim roditeljima. A onda — zar je trebalo odmah pokoriti se, dati si dijeliti lekcije i na koncu pristati na sve što je Hrabarova od mene zahtijevala?

Prvi boj — i ja položih oružje. Nije dobar znak.

Kako sam samo staru psovao one večeri u mislima! I mrzio sam je — jadnu. A ipak — ona nema sasvim krivo. Jedino je od nje nelijepo što se ne pouzdaje u mene. Inače, što ona hoće? Ili da ja Veru doskora uzmem, ili da joj nađe muža. Stara je, pa se boji možda i smrti, boji se ostaviti kćer bez zaštite; — i otuda njena jednostavna logika.

Da sam bio čvršći, mogao sam joj lako dokazati kako time nije ništa pomoženo ako ja Veri ne smijem pisati, jer mi se nećemo radi toga raskrstiti, pa će ona jednako čekati još tu godinu.

Zašto i godinu? Ja bih mogao ispit napraviti već ovoga ljeta. Samo moram da se odmah uhvatim knjige.

*

11. februara

Još nisam pravo dospio da se snađem u mnoštvu novih dojmova. Novi ljudi — nov život, škola i mali grad — puno je toga ujedanput.

Najviše od svega dojmila me se priroda. Čudna je ovdje — čudna i strahovita.

I na Rijeci ima bure; biva jaka, ruši i lomi. Koliko puta smo se kao đaci znali uhvatiti zajedno pa potrčati da nas nosi zamah vjetra!

Ali Rijeka je grad, ima luku, kavane, tramvaje, buku kola i miješanje ljudi. Tamo se bura ne osjeća kao ovdje: ljudi imaju posla, žure se, bježe po ulici, zaklone se lako u javne lokale, stisnu u društvo. Na Rijeci je bura neugodna zapreka prometa kao i kiša ili prejaka studen; i ništa više.

Ovdje je bura sasvim drugo — tu je živ elemenat koji dolazi kao kakav nadzemaljski zmaj. Ljudi u malom gradu ne rade mnogo i ne žive brzo. Nema ni nervoznih zabava za jedan čas među koje u velegradu pripada i doba određeno za objed ili večeru. Ovdje ljudi bivstvuju više kao biline — i zato osjećaju jače dodir prirode.

Dođe bura — a ovdje i duva jače; — polovica puka ne izlazi iz kuće; čemu da se boriš s elementom kad ti je svrha izlaženja šetnja, ne trčanje do udaljenog ureda ili broda? Zatvoriš se u kući i zakračunaš čvrsto vrata. Ono malo svijeta što mora da se pokaže vani, bježi također brzo u kuće, obavivši najpreči posao. U gostioni ostanu samo oni koji baš nemaju gdje jesti. I bura zavija, huče i srće po praznim ulicama. Ako je pred koji čas pala najjača kiša, ona je osuši u tren. Ide kao nekakva ogromna kosa sa sto noževa, viri iza svakog ugla, zviždi u svakom kutu. Tko da se s njom ogleda?

A ona ide dalje do mora; i ne duva jednako, nego na mahove, ne vitla velike valove, nego kosi. Na moru pokaže se trag njena dodira i leti užasnom brzinom. Kao da se skliže po površini. A prijeko, na otoku, gdje se razbija o pećine — bura uzdiže prave vrtloge pjene.

Ona nije kao požar; ne ubija, ne ništi onoga tko se nje boji. Nije kao poplava, jer ne guta bez milosrđa.

Bura je nešto više i ljepše. Udara te u obraze, upire ti se o rame, guši ti dah, ne da ti naprijed. Bori se! — kao da ti veli njen zvižduk. I korak po korak moraš da joj otimaš pravo, dok te pusti uz ulicu. A nije gotovo nikad tako bijesna, da ne bi poštovala tvoje snage i srčanosti: upri i doći ćeš na drugi kraj.

Samo ne bježi pred njom! Ako se okreneš i pokušaš da trčiš, odmah ti se naruga. Ti — ti hoćeš da se natječeš u brzini s njom koja hrli brže od najpustije lokomotive! Ne kušaj! — Ona te digne kao pero u zrak i baci o zid.

Ona je elemenat za jake i smjele, ne za mudre ni za oprezne. Proti njoj nema štrcaljke ni čamca — ona još gospodari u svom kraju, slobodna kao divljač u prašumi.

A nije ružna, ne prati je ni magla ni taman oblak: nebo je vedro kad duva, i što je vedrije, to veselije slavi ona svoj pir.

Meni živahnije teče krv kad je osjećam. Velika je i ponosna; a ne prezire nas. Jedino je za sebe zadržala neke kutove kud ne smiješ da stupiš nogom.

Ima poslovica da se rađa u Senju. Meni se čini da je ovdje u mladosti, u prvoj snazi.

*

14. februara

U školi je mnogo ljepše nego što sam očekivao. Ima doduše sva sila dosadnih i suvišnih stvari koje su na žalost spojene s mojim pedagoškim dužnostima (filozof sa šibom! prekrasna slika); ali je poprijeko ugodno.

Zanimljivo je promatrati djecu. Na sreću nisu mi radi mojih predmeta dali pouku u najnižim razredima, pa nemam posla sa dječurlijom koja se ne umije još ni useknuti. U četvrtom razredu djeca su već začudo razvita. Da li su Primorci izuzetak, ne znam; no ovdje ima zbilja nekoliko otvorenih glava, — momčići ne žacaju se nikakvih pitanja. I što mi je najčudnovatije, sam predmet ih zanima.

U višim razredima malo je teže. U sedmom valja da ih mučim fizikalnim računima, a nisu svladali ni početka algebre. Najugodnije mi je u osmom. Tu su dva mladića od kojih će nešto biti. Možda nije u skladu s pedagoškom mudrošću što se ja dok govorim najviše na njih obazirem a druge puštam više ili manje u miru. Svakako — razumiju me, pače i psihologiju nije im teško izjasniti.

Htio bih znati kako sam se prvi put dojmio svoje mladeži? Opažam jedno: nekako sam prefino odjeven prema ostalim kolegama. U malom gradu ljudi slabo paze na toaletu. Čini mi se da i djeca nisu navikla vidjeti kod učitelja uvijek sasvim bijelo rublje. Bar primjećujem da me je neki dan kolega Zuvić nekako malo zlobno dočekao kad sam došao u školu u svom bonjouru.

Da li su mi djeca već radi toga možda nadjela kakav nadimak?

To je strašno ovdje: nikoga ne zovu imenom. Ja već ne mogu da pamtim bezbroj nadimaka što sam ih čuo ove zadnje dane. Gostiona gdje jedem zove se Pod Nehajem, gospodar Palčić — ali tako ne zovu ni gostionu ni njega. Gostioni vele: "Ispod volte", a njemu — Bog bi znao zašto — Stariša, premda je mlad.

Jedno me osobito veseli: našao sam zgodan stan. Ovdje nije kao u Beču gdje trebaš sobu samo za spavanje (spominjem se da nas je bilo dosta koji nismo nikad trebali lampe nego smo imali samo svijeću za ono par časova dok se svučeš i legneš); tu valja da se naviknem na sjedenje kod kuće. A imam pogled na more — široko, lijepo — i prijeko otok, gol i krševit, veličajan.

Prve dane imam dosta posla. Naprtili mi neke kataloge, statistike i popise — i sve to valja ispunjavati. No toga ću se skoro riješiti pa će mi ostati više vremena za rad u laboratoriju. Nisam već par mjeseci radio ništa praktično pa sad me to opet zabavlja.

U svemu: nije zlo. Ali ja se tu raspisao — a moram danas (to sam čvrsto odlučio) da spremim pismo za dekanat u Beču kako da dođem do prijepisa disertacije.

*

15. februara

Pročitao sam danas što sam jučer upisao u ovaj svoj dnevnik. Gle! — već se ja nekako privikao bilježiti i sitnice života.

Dobar znak! Dok ne filozofiram, svježe sam volje i spremniji za rad.

Moje zvanje zanima me mnogo više nego što sam prije mislio.

Dosada moj interes za fiziku bio je uvijek nešto sasvim apstraktno. Znam, dok sam učio za ispit, kako bih se znao zadupsti u račune i dokaze — tako daleko da sam znao uopće zaboraviti na vrijeme. Često se događalo da bih od tih naoko suhih brojeva mišlju poletio daleko — sve do granice gdje se prirodne nauke sastaju sa filozofijom.

Istina je, svaki početnik koji se je jedva upoznao sa jednom znanošću rado sanjari o konzekvencijama koje ni ta ni ikoja znanost uopće ne može imati. Kad sam prvi put stao učiti kemiju — tko bi mene bio prisilio da gledam i pazim na sve potankosti, na najjednostavnija svojstva elemenata! Ja sam odmah prelazio preko toga i bio spreman da sa nekakvog tobože višeg stanovišta razmišljam o temeljnim teoretskim aksiomima kemije.

Sanjar ostaje sanjar!

A ipak — jednu znanost tek polako i teško upoznaš. Jedva onda kad prijeđeš mučnu abecedu prvotnih pojmova, smiješ da dopustiš sebi razmišljanje o zakonitosti u prirodi. Valja najprije proći sve jednostavne pokuse, naučiti gotovo napamet silan materijal opažanja ljudskih — i onda tek dozrijevaš, možeš unijeti nešto reda u sve to, vidjeti jednoličnost kojom se zbivaju promjene.

Sad ja idem sasvim drugim pravcem. Trebam da đacima razjasnim nešto, da im koji zakon dokažem pokusom. Moram da se poistovetim sa njihovim mišljenjem i tražim način da djeci sve što jasnije razložim.

Veseli me to. Osobito gdje vidim napredak. I ja, koji sam držao, da me je Bog stvorio za sve prije nego za školnika, sasvim sam zadovoljan kad mi uspije da pokažem kako kamen i pero padaju u isto vrijeme s visine.

Opažam jedino da se za svako takvo objašnjenje valja pripraviti. Znanost i školsko predavanje dvije su sasvim različne stvari; netko je — čini mi se — kazao da je pedagogija umjetnost.

To mi otimlje dosta vremena. U ovo petnaest dana nisam gotovo ni dospio da za sebe što opetujem.

*

17. februara

Ne mogu se sjetiti u ovaj čas da li postoji u literaturi kakvo posebno djelo o profesorima. Ima o kišobranima i zaboravljanju dosta šala — profesor je nekako postao tip kao i poručnik.

No ja ne mislim tako. Čini mi se naime da bi među profesorima bilo osobito vrijedno praviti studije. Ima tu sva sila zanimljivih a i dubokih tipova.

Od mojih kolega dobra polovica ljudi su vrijedni opažanja. Istina je, druga polovica nisu ništa — ali tako je valjda u svakom zvanju. Za tu drugu polovicu bilo bi svejedno da su postali trgovci, suci ili svećenici. Svagdje bi ostali, što su sad ovdje — ništa, ljudi brojem označeni.

Vidi, vidi — to je zgodna riječ: ljudi označeni brojem. Kažnjenici se označuju brojevima, a inače su jednako odjeveni i jednako ošišani. Ovakvi ljudi imaju zbilja nešto sličnosti sa kažnjenicima — sami za se ne znače ništa, tek u masi vrijede jer, naravski, i oni mogu da viču. Nije to ni radi zvanja ni radi škole, kako neki misle, bit će da je takvih ljudi svagdje kod naroda koji nije bogat inteligencijom.

Najviše me zanima Lukačevski. Čudan tip. Spada u prvi odio, tj. među osobite, i to sigurno na prvo mjesto. Visok, jak, ali suh. Ima nešto strašno tvrdo u licu, a oči su mu sasvim mrtvo — sive. Da nema engleske brade, izgledao bi sasvim kao kakav asketski fratar.

Lukačevski mi se odmah prvi dan svidio: najprije radi svog imena (poljski narod volim silno; njegov otac bio je Poljak, doktor tu negdje u Primorju), a onda radi velike hladnoće kojom me je pozdravio. Ostali su svi više ili manje bili prema meni nekako odviše ljubazni kao prema gostu (eh, prvi dan!), dvojica — trojica kolega polaskaše mi pače radi mojih novela. On mi se samo naklonio i rekao mirno:

— Iz Beča amo — hm, malo prevelik skok.

Kasnije sam vidio da je čovjek veoma finih manira; mora da je iz dobre obitelji. Samo me smeta što je odjeven nekako — ne znam ni sam kako bih rekao: odijelo mu je čisto, dobro mu pristaje — ali se osjeća da ga nosi već treću ili četvrtu godinu. Pričinio mi se kao džokej, odjeven u odijelo sasvim mrtve boje, dok drugi svi imaju na sebi žuto i crveno.

Sada jedem s njim u gostioni. Ne govori mnogo, ali — čini se — čita više od svih. Iznenadilo me je kako dobro pozna Beč. Neki dan govorili smo o kazalištima i varijeteima; i on me po redu pitao za ovo i ono; nisam ni sam znao što da odgovorim na neke potanke upite. Kao da je pred mjesec dana stigao iz Beča. Spomenem mu da neke od tih dvorana i zabava nisu mogle biti još otvorene u vrijeme kad je on bio na sveučilištu (ima mu preko trideset i pet) i zapitam nije li u skoro bio u Beču.

— Ne — odgovorio je kratko i svrnuo razgovor na drugo.

Ne mogu za sada da još nikoga pitam o njem štogod; svakako moram da doznam njegovu povijest.

*

20.

Fuj, danas je gadno. Pljušti kiša — nebo je teško i nekako gadno zeleno. I more je danas blatno — izlijeva se u nj bujica, pa je do pola luke voda sasvim ilovačasto — crvena.

Nervozan sam. Jugo djeluje zlo na moje živce. Pusto mi je — sâm sam.

Vera, Vera, gdje si sad ti? Tri su sata poslije podne — sigurno sjediš uz glasovir —

I toga sam se morao odreći ovdje; nemam instrumenta i ne znam tko ga posjeduje.

Ovo vrijeme ne bi smjelo potrajati. Ja ne bih izdržao — pobjegao bih.

A — kuda? K Veri ne smijem — —

*

24.

Tri je dana trajalo jugo. Čini mi se da bih mogao poludjeti kad bi se češće vraćalo ovakvo vrijeme. Ne mogu raditi, ne mogu misliti ništa. Pokušao sam zabaviti se u laboratoriju; — ali vlaga smeta, a nema dosta svjetla. Bio sam tako nemiran, da nije pomoglo ni ispisivanje kataloga koji sam htio da već jednom svršim. Ne može se! Počneš, napišeš tri imena — i ogledaš se po polutamnoj sobi. Bježiš van.

A kuda? Po ovakvom vremenu mora da je užasan život u malom gradu. Nema druge, nego u gostionu.

I ja sam zbilja tri dana gotovo sve svoje slobodno vrijeme proživio u gostioni. Tamo barem ima svjetla i ljudi...

Kakvi ljudi, bože moj! Ma je li moguće da oni zbilja na taj način proživljuju život? Dok sam išao samo na objed i na večeru u gostionu, nisam mogao da ih upoznam. A u ova tri dana — ti se ljudi nisu makli od stola. Ured i gostiona — naravno samo do 8 navečer; onda dolazi obitelj i san. I što rade! — igraju neku užasno dosadnu igru na karte. Poslije podne od jedan do tri, navečer od pet do osam ili devet. Danas, sutra, prekosutra — svaki dan. Zar oni ne čuju sami sebe? Ja sam u tri dana već saznao sve: i njihove nadimke, i šalu, što će reći umirovljeni nadzornik pučkih škola, i kako se srdi taj i kako viče onaj.

A njima nije dosadno. Jedva čekaju da se nađu. Svaki dan — uvijek.

To se zove — živjeti!

Nisu ti ljudi zli, nisu odvratni. Ali prazni su, užasno prazni. I jednaki — jedan kao i drugi. Imaju gotovo jednake navike, pače i piju isti broj čaša piva.

Da — i ja sam jednom tako živio, mrtvo, bez osjećaja, monotono, jednako. U Beču druge godine i ja sam svaki dan trebao određeni broj čaša. Ali ono bila je posljedica duševne klonulosti, nemoći živaca iza jedne krize.

A ovi svi ljudi kraj svega toga sasvim su normalni, čini se pače da nisu ni nezadovoljni.

Bože, Bože, — je li moguće, da ću i ja morati tako živjeti?

Ah, to je ludo — ta neću valjda vječno ostati ovdje — ima i većih mjesta u nas.

*

26. februara

Lukačevski ne igra karte i, čini mi se, nije baš dobar ni s kim od domaćih. Stoji po strani, promatra društvo. Ali pije i on, pače više nego drugi.

Čudno — opazio sam da je i on u one južne dane bio strašno nervozan. Ja sam ga pače upitao od čega to.

— Jugo, gospodine moj.

Saopćio sam mu da i na mene ovo vrijeme jako zlo djeluje.

— Priviknut ćete se na sve. Čovjek je gori od životinje, jer misli da ima volju, pa se još sili da se nečemu privikne. Mnogo toga trebat ćete progutati, mladi moj prijatelju.

On nije baš mnogo stariji od mene, pa sam mu spočitnuo njegov ton u kojem nekako starački i štitnički govori sa mnom.

— Mladi ste još, mladi — znate zašto? Ne ljutite se što ću vam reći: vi ste još svoj. Niste još došli do toga da vas asimiluju. Pogledajte ove tamo što kartaju — ti su već svi jedan kao i drugi. I onaj od trideset i onaj od pedeset godina. Godine nemaju s tim posla — mlad si dokle te ne uhvati u svoje kolo ovaj malograđanski život.

— Ta vi stojite po strani i ne miješate se u nj — rekao sam plaho.

On se odmah smrkao.

— Ja ne govorim rado o sebi. No zar vi zbilja mislite da bih se ja danas htio više i maknuti iz ovoga svoga ugla gdje sjedim već pet godina? Ne bih.

Iza toga razgovora pili smo više nego obično; i Lukačevski, koji inače o službi nikad ne govori, stao me je savjetovati.

— Možda ću vam pokvariti jednu iluziju — rekao mi je. Ali vi ste inteligentan čovjek, pa vam toga ne treba. Čujte me: — slušao sam neke razgovore — vi ćete sami pomalo uvidjeti tko tako može razgovarati — slušao sam neke razgovore i razabrao sam da će vam se zamjeriti što odviše umno predajete u višim razredima. Mogli bi se đaci dignuti protiv toga. A što vam to treba? Ne zanosite se odviše! Radite koliko je dosta, tj. ne radite nego toliko da vas ne mogu otjerati. Vi još ne znate kakva je beštija đak. (Nije lijepo od njega što ne voli mladeži. Čini mi se da on mrzi i školu i djecu.)

A ja da odviše pametno predajem? Valjda me ne razumiju? Lukačevski se vara — meni se čini da me djeca vole. A zar bi mogao tko imati šta protiv toga da se brinem za svoje sate?

*

5. marta

Ovako dalje ne smije ići. Opažam da ne radim gotovo ništa. Škola mi otimlje dosta vremena — a osim toga je sa sredstvima što ih imamo nemoguće gotovo išta pokazati djeci. Moram se mučiti da kako — tako skrpam potrebne eksperimente.

Mjesec i više dana ja sam tu — a još nisam ozbiljno pomislio na to da postojano stanem učiti.

Morat ću na silu da uredim nekakvu razredbu sati za svaki dan.

Eh, kad bih samo imao bar kavanu ovdje! Čini mi se da bi onda sve bolje išlo. U kavani prosjedio bih ono vrijeme što mi treba za odmor, pa bih dospio na sve.

Ovako, zavuku me u gostionu — ne mogu da odsjedim cijeli dan kod kuće ili u školi. U gostioni pak uvijek ostanem do večere — i tako nikad van iz ljenčarenja.

Od sutra valja početi drugačije. Kako ću se samo ja, stari magarac, priučiti na to da se točno držim ura kao đače — ?

Svejedno — bar dva sata na dan moram da učim.

*

8.

Na svijetu su samo oni ljudi sretni koji su savim jednostrani. Na te ne djeluju događaji, ono — što su Rimljani zvali vicissitudines vitae.

Rugamo se matematičarima što su tako zabijeni u svoje brojke, da žive potpuno bezazleno, gotovo i ne videći što se događa oko njih. A ipak je to po svoj prilici najljepša forma življenja.

Zavučeš se u svoju sobu, do svoje knjige — i to ti je svijet za sebe. Sam si i nitko ti ne smeta, nikomu ne trebaš davati računa, nitko ti ne može ništa oteti.

To bi bilo još jedino rješenje za život u ovako malom gradu. Živjeti za nešto apstraktno što nema ništa posla sa svim tim dosadnim i suvišnim sitnicama koje samo ispunjuju dan ali ne ispunjuju dosade.

Ali to nije u mojoj prirodi. Vidi se da mi je otac bio nemirne krvi — lutalac po svijetu.

Pa koja bi to stvar mogla i biti da me tako sasvim zanese i obuzme, te mogu kraj toga izdržati svu prazninu života?

Književnost?

Gle, ja već nisam odavna ništa pisao. Ali svakako ni to me ne bi dugo zanosilo. Teško je vjerovati u vrijednost onoga što sam stvaraš. A raditi za druge? — U mene i nema altruizma.

... Što sam ja to sad napisao? Pročitao sam ovaj čas — i malo mi se sviđa.

Ja bih morao misliti na nešto sasvim drugo: na svoje obveze. Za godinu dana imam s ispitom dosta posla. A Vera čeka — —

Ne da mi se biti samu. Salijeću me misli...

*

10.

S mojom se plaćom ne da nikako izlaziti. Kao đak ja sam sasvim lijepo živio u Beču s novcem koji mi ovdje nije dosta. Uzeo sam od majke već sto forinti — a nije mi ugodno pisati joj opet. Starica jadna, zbilja bi već bilo vrijeme da se riješi vječnog hranjenja tuđe djece i životnih skrbi. Baština iza strica Tome nije ništa; ali za majku dvadeset forinti mjesečno znači veliki kapital.

Ja joj ga otimljem, bez sumnje. No što zato, još ovu godinu — onda ćemo je uzeti k sebi.

Gle — ona ni ne pozna Vere, niti zna za nju. Kako sam se ja udaljio od matere u zadnjih par godina!

Ipak joj moram pisati da mi pošalje nešto novaca. Ne znam od koga da ovdje tražim. S kolegama još nisam tako intiman, jedino se s Lukačevskim nađem češće. A baš od njega neću da tražim.

Pa napokon — od kolega bi bilo teško što i tražiti. Kako samo može da živi Radović sa ženom i četvero djece i s onom plaćom? Doduše — na sebe ne troši ništa osim što svaki dan popije (a gdjekad i dobije) dvije čaše piva. Sad shvaćam zašto su se tako borili na početku semestra tko će predavati neobvezatne predmete. Tih dvjesta kruna više mora da je za Radovića pravi spas.

On uostalom uvijek izgleda nezadovoljan. Meni također nije ugodno kad ga sastanem na ulici; ima zimski kaput već sasvim zelen od stareži.

*

16. marta

Noćas sam se opio — i danas me čitav dan glava boli.

Ludo je što nisam mogao u školu. A baš me je Žuvić morao sresti poslije ponoći vani.

— Tko zna koliko je sati bilo? Lukačevski je kriv. Ima u tom čovjeku nešto zlobno i hladno što me ipak privlači k njemu. To je napokon moja stara manija da svagdje hoću da činim psihološke studije i vidim tragične konflikte.

Ipak, tko bi rekao — taj hladni i mirni čovjek mora da je zbilja očajan u sebi. Očajan dokrajav — tako očajan, da mu je sasvim svejedno što se s njim događa.

Ne znam ni sam kako smo ostali sami noćas. Ah, jest, sad se spominjem — ja sam poslije podne išao šetati riječkom cestom. Dan se našao kao usred ljeta; ovdje kad ne duva bura i kad nema kiše, prava je Nizza. Sredina ožujka — i danas je već bio pravi ljetni dan. More mirno, široko, modre i oštre boje, koja se tako ističe, kao da i nije naravna. Da je Segantini slikao more, bio bi ga uhvatio u ovakvom modrilu. Bio sam krasne volje — brzo sam hodao — mislio mnogo toga — gledao brzojavne stupove uz cestu i sjećao se Vere.

Kad sam se vratio kući, bilo mi je preusko u sobi. Nisam izdržao — valjalo je dokraja užiti lijepi dan.

Otišao sam, naravski, u gostionu. Bilo nas je više kolega, i svi su danas bili veseli. Samo smo pili odviše — tako da se meni nije dalo kući kad su drugi otišli. (Kud je Žuvić mogao otići da sam ga kasnije sastao?)

Lukačevski me je također zadržavao — i ja sam ostao s njim. On baš nije čitavu večer pokazivao da je dobre volje — tek kad je ostao nasamo sa mnom, počeo se smijati i šaliti.

— Vidite kako je krasno po ovakvom lijepom danu. Svi ljudi postanu bolji. Pogledajte kako su večeras bili ljubazni i veseli. Bijednici — sutra će zaboraviti sve: Žuvić će opet s ravnateljem šaputati kako ste vi više literat nego pedagog, Radović će svu svoju mudrost uložiti u ispravljanje zadaća koje nemaju smisla — ukratko, opet će sve poći po starom. Daj izađi ti, brate, iz vlastite kože! Ne da se. Kasno je.

Prigovorio sam mu da odviše zlo sudi ljude. On se smijao i branio:

— Nije, prijatelju moj, vidjet ćete vi još kakve su to životinje. (Životinja i beštija — te dvije riječi on osobito voli). Vi mi se sviđate jer vas još nije zatuklo ni zvanje ni život po ovakvim gnijezdima. Ali ovi drugi — Bože moj! — oni vam svi znadu da sve što rade ne vrijedi ništa, da ne koristi ni njima ni komu drugomu, pa ipak se pričinjaju važni — i govorit će vam o najglupljoj školskoj aferi kao da se radi bogzna o čem.

— Ma to nije tako, zaboga! Uzgajanje djece ipak je stvar u kojoj se lako može naći i nešto plemenitije. Zar zamjerate ako je ovaj ili onaj zbilja tako shvatio svoje zvanje?

— Ta kakvo zvanje, molim vas! Žuvić je postao profesor zato što su mu dali stipendiju; onaj drugi što nije ni sam znao u što bi se upisao na sveučilištu — i tako dalje. Nema tu kakvog poziva, kako biste vi htjeli. A što je, molim vas, ponukalo vas da se idete baviti ovim zanatom?

Ja mu, naravski, nisam htio ništa kazati da sam radi Vere napustio právo; nego sam počeo govoriti kako mi se sviđa i moj predmet i škola uopće. O tom, čini se, da se pred njim ne smije govoriti; on mrzi i slušati kad netko što dobro kaže o školi.

— Proći će vama to, dragi moj. Lijepo je to zasada — i ja sam bio takav. Ali što ćete — nema u tom promjene; daj danas, daj sutra

— uvijek isto uči i pripovijedaj, gnjavi se s tom deriščadi — tko da to podnese za dugo vrijeme? A izvan škole — što da počneš u malom gradu? Francezi su uman narod; rade do pet ili šest sati, onda se obuku u salonsko odijelo — i žive za zabavu. Traže promjenu, nastoje izvući nešto za se iz života. A što mi ovdje? — svršiš školu i dođeš u krčmu, i tu te sastaju drugi koji su isto tako svršili ured. Nema promjene, nema veselja, nema nikakve energije u svemu tome; mahinalno je.

— Pa vi promijenite; dugo ste tu, pa potražite drugo društvo.

— Tko? Ja? — Kuda da idem? Žensko društvo ne volim, a muškarci su svi jednaki.

— Radite štogod, ima sportova i zabava dosta.

— Da, to sam kušao. Pokazat ću vam jednom: ja slikam. Ali to je premalo. Sve bi valjalo promijeniti; — ako na silu nešto hoćeš, ne pomaže ništa. Ne spadam ja amo — to vam je sve. A ni vi, dragi moj, ne spadate. Na silu će vas oblanjati kao i mene — i pokorit ćete se ali se nećete priviknuti.

Mi smo sve glasnije govorili i pravdali se pače. U gostioni nije bilo nikoga, jedino je drijemala kelnerica koja nam je nosila pivo. Lukačevski se bio sav zažario i htio mi na svaki način dokazati kako naše zvanje i život u našim krajevima ne vrijedi ništa. — Nema druge, nego priznati da je jadno, moj prijatelju. Recite sami: kako ste živjeli dosada? Možda vam je i zlo išlo; ali bili ste u Beču. Jeli ste u menzi, ali ste poslije toga išli u kavanu i čitali novine iz cijelog svijeta, sjedjeli uz krasne žene i gledali ljude uvijek nove. Išli ste valjda i u kazalište — pa ako i niste, svejedno, grad je grad. Ah, da znadu doktori kako je glupo njihovo hvaljenje svježeg zraka na selima! Ja uživam u jednom poslijepodnevu probavljenom u kavanskom dimu više nego u sto dana kao što je današnji. Nismo mi, moj dragi, više za to! Znate vi, ja svaki dan čitam Pressu i pratim sve bečke sitnice. Znam danas što se daje u Burgu i što je izloženo kod Miethkea. Pa kako ćete da se ja složim s ovim ljudima kojima je ovdje dobro — ili ako im i nije dobro, nisu nikad znali što je bolje.

— Pa tražite premještenje! — rekao sam mu ja.

— Ah, molim vas, a kuda? Bježiš iz zla u gore. Ovdje je bar more blizu; privikao sam se koliko se dalo; i ljudi su se već privikli na me — puštaju me u miru. A da dođem u veći grad — što imam od toga kad ti nigdje ne daju toliko plaće da možeš živjeti?

— Ipak — biti tako sam...

— Da, bilo bi ljepše sjedjeti u kakvom salonu i razgovarati s ljudima u bijelim košuljama i sa damama koje ne kuhaju same. Ali toga nema. Uvjerit ćete se i vi o tom; — mi koji ne spadamo u ovaj milieu, ne smijemo ni da se miješamo u nj. Ostani na strani i zadovolji se tim da imaš jesti, piti i pušiti i da se ne moraš ponizivati time što moljakaš da ti posude novaca.

— Vi ste strašan egoista.

— Nije danas u modi, mladiću moj, zagrijavati se za što drugo. A i ne može se. Pokušajte samo — stisnut će vas o zid — dat će vam po gubici tako da nikad više nećete otvoriti usta.

Mi smo postajali jedan i drugi sve više melankolični. A i svjetlo se stalo gasiti, kelnerica ustala i nezadovoljno se vrzla oko nas. Poskidala stoljnjake — i sve se je priviđalo žalosno, neuredno. Na kraj kraja došli smo i na brak. Rekao sam Lukačevskomu da neće dugo izdržati živeći sam.

— Da se ženim, je li? Ma mislite li vi na to što govorite? Znate li vi da bi nam vlada morala upravo zabraniti ženidbu! To i jest ono najgore. Mladi ljudi zaljube se i ožene, dođu brige i oskudijevanja — gotov glad, gospodine moj. Radi toga što nisi nikad dosta sit, postaneš plah i kukavan, bojiš se ravnatelja i predstojnika. Posuđuješ od kolega, od štedionice, od oca koga đaka. Ubije te nemir radi sutrašnjega dana. Ako bi što i htio da radiš, da se čim ljepšim baviš, ne možeš. Dan na dan kljuje ti u srcu nezadovoljstvo, postaneš mrzovoljan, slab; zamrziš na ženu i na sebe. Konačno se smiriš — živiš u nirvani da se više nikad nećeš iskopati iz duga i nikad nećeš doživjeti dobroga objeda. Napokon staneš se samo baviti time kako da ispuniš dvije — tri slobodne ure — i tu onda dođeš amo i igraš za razliku od deset ili dvadeset filira ovakve glupe igre na karte kao što smo danas vidjeli. Ženiti se! Ta pristojan radnik ima više plaće nego mi!

Mene su njegove riječi sasvim ražalostile. Lijep dan svršio se zlo; ja sam uz nj sve više pio.

Ne smijem se puno družiti s njim. Ima nešto ružno, mefistofelsko, u svemu što on govori. Najgore je to što i ne govori cinički, nego sasvim mirno, kao da se sve to samo po sebi razumije. Danas ga mrzim.

Od sutra novi red: ostajat ću kod kuće, uzet ću i večeru kod svoje gazdarice — ne ići u društvo, i učiti.

Dosta je odgađanja!

V.

Ura je upravo udarala osam sati kad je Andrijašević stupio u nevelik hodnik gimnazije, žureći se da uđe u svoj razred. Hodnik ima samo jedan oveći prozor koji gleda u malo dvorište, pa u dane kao što je današnji, kad je bura sa kišom, bude u njem tamno i neprijatno. Buka djece što se uspinju po stubama, zadah blata i mokrine, i zidovi prosto namazani bijelom bojom — sve to stvara atmosferu tjesnoće i zagušljivosti. Andrijaševiću se nikad nije sviđalo stajati na tom hodniku na kojem je jedini ures prastara ura, uzidana u stijenu još u vrijeme kad se latinski ili njemački predavalo.

Osim toga nije htio da se sastane s nekim kolegama. Opazio je odavno da drugovanje s njima rađa nekim tihim nesuglasicama koje su par puta jače izbile na javu i urodile hladnoćom. Osobito nije mogao da trpi filologa Maričića, sušičava, ružna čovjeka od trideset godina, koji je u malo hladnije dane dolazio u školu vas povezan rupcima. Đuro se je silio da sam nekako ispriča neugodne strane Maričićeva karaktera, njegovu zlobu i podmuklost, što je sve i zbilja bilo posljedicom bolesti. Nezadovoljan sam sa sobom, Maričić je u školi nalazio neprestana uzrujavanja. On je razrednik u sedmom razredu i baš toga radi zakvačio se Andrijašević s njim oštrije, makar i protiv volje.

Povod bijaše "glupost", kako je cijelu stvar označio Lukačevski. Maričić je pred dva tjedna radi neke zadaće vrlo grubo bio opsovao đaka Marasa, talentiranog i živahnog dječaka koji je sve osim grčke filologije vrlo lako shvatao. Maras stane odgovarati; i Maričić se sasvim zaboravi pa đaku grubo spomene njegovo porijeklo (Maras je sin siromašnih čobana negdje ispod Vratnika).

Stvar dođe pred konferenciju — i Maričić na svu silu zahtijevaše oštru kazan jer je Maras više nego jasno odgovorio profesoru da ne da vrijeđati svojih roditelja. Ostali su kolege Đurini šutjeli, ispravljali zadaće; Lukačevski se zadovoljno smijao, promatrajući Maričića kako se žesti i kako zahtijeva "najstroži postupak". Andrijašević, komu je otvoreni i razviti dječak bio vrlo u volji, usprotivi se i pače spočitne Maričiću što je sam svojom netaktičnošću skrivio sukob. Razvije se raspra koju prekinuše ostali; ali Maričić poslije toga nije više htio da govori s Andrijaševićem. To nije bilo sve: Đuro doskora opazi da se s Maričićem složila još dva kolege, Žuvić i Radović, i stali ga neprijazno gledati.

Mnogo mu to nije smetalo (pače ga je Lukačevski razljutio, rekavši mu poslije konferencije: — Niste zapamtili nijedan moj savjet. Što vam je trebalo te svađe? Da li derište dobije osam ili šesnaest sati

— svejedno je; a vi ćete još imati neugodnosti rati te gluposti!); poslije one noći, prolumpane s Lukačevskim, bio se sasvim zatvorio u svoju sobu i stao učiti. Samoća ga je mučila; — i osobito dani sa zlim vremenom znali bi ga sasvim uznemiriti. Ipak se nije dao smesti i svršio dobar dio posla u mjesec dana; zamolio rok za ispit, prepisao disertaciju i poslao na odobrenje. Silio se da ne popusti sam sebi i da izdrži — i cijele bi ure probavio sanjareći o Veri.

Baš jučer saznao je nešto što ga se vrlo neugodno dojmilo. U popisu gospođica koje su sudjelovale kod dobrotvornoga bazara opazio je u novinama ime Verino.

— Šalju je na zabave! Prije ona to nije ni smjela ni htjela činiti bez mojega dopuštenja; sad je, naravski, sve drugačije. A ja ne mogu ni da joj pišem o tom!

Navečer nije mogao da svrši svoj obični dio i protukao je cijelu večer čitaju kriminalni engleski roman koji mu je došao pod ruku. Jedva što je bio par časova u razredu (tu je također tamno i osobito prvu uru izjutra upravo teško sumračno), dođe sluga i pozove ga k ravnatelju.

"Hvala Bogu — proći će s tim koji čas — danas nisam ionako sposoban da što radim u školi."

*

Ravnateljeva soba najljepša je i najsvjetlija u zgradi. Kao čovjek uredan i časnički sin ravnatelj je svoju kancelariju udesio kako se dalo: na prozorima su crvene zavjese, nešto otrcane ali lijepo stisnute u zavoje; po zidovima visi par službenih slika; dva ormara sa knjigama i širok pisaći stol ispunjuju tek napola prilično velik prostor. Inače se sve sjaji od čistoće, a akti su na stolu upravo geometrično poredani.

Ušavši, ugleda Andrijašević ravnatelja gdje sa vrlo ozbiljnom kretnjom užiže cigaru. Taj je uopće sve što god je radio vršio službeno i odmjereno; bio je očito u vječnoj brizi da li njegovo ponašanje zbilja odgovara njegovu položaju u gradu gdje je po službenom redu zauzimao odmah mjesto iza biskupa. Zato je i izvan škole malo dolazio u dodir sa profesorima; držao se za aristokrata i prema tomu pohađao samo kotarskoga predstojnika i nadšumara. U odijelu imitirao je rado sportsmana, pa tako je i sad bio sav u zelenom lodenu; od iste tkanine bila je i kabanica i šešir. Kakav je u duši taj čovjek, toga Đuro nije dosada mogao da shvati; a i kolege su malo što pobliže znali o njem, jer je tek pred par mjeseci bio premješten u Senj i držao se uvijek po strani. Jedino se čulo o njem da je kod vlade vrlo dobro opisan i da ga s vremenom čeka i važnije mjesto.

— Ah, sluga me je krivo razumio — nisam vas htio buniti u obuci, niti je bila moja namjera da odmah amo dođete. Svejedno, svejedno. Izvolite sjesti. Vi ste imali sat u šestom razredu?

— Ne, u četvrtom.

— U četvrtom? Da ne bi odviše bučila djeca? No, nadajmo se, neće. Ja sam, dragi kolega (to je bila također jedna navada ravnateljeva za koju je držao da je vrlo fina: zvati svoje potčinjene "dragi kolega"), već prije više dana htio da govorim s vama. Molim vas da uzmete kao da s vama govori prijatelj ili stariji drug a ne šef. Nije moj običaj da pretjerujem ili da dajem naloge.

Izvolite?

(Andrijašević uzme i zapali ponuđenu cigaretu; ravnatelj je uvijek imao u pripravi škatulju egipatskih, ali sam je pušio jeftine cigare).

— Dakle, čujte me. Ja sam bio kod vas na predavanju i moram pohvaliti vaš interes za predmet. Vidi se mar i ozbiljnost; dakako, da li će napredak biti prema vašem trudu, o tom se još ne da ništa reći. Obučavanje je teška stvar i ište mnogo iskustva. Ja sam na primjer i sam opazio da ste mjestimice odviše duboko i potanko zašli u predmet. Vi hoćete da dokažete da je psihologija uopće malo teška disciplina za gimnaziju? Jest, no zato se upravo valja držati knjiga i propisa visoke vlade da ne izgubimo s vida temeljnu namjeru i svrhu obuke. Vi ste još — kako bih vam to kazao? — još ste možda odviše puni uspomena na sveučilišna predavanja, pa biste željeli da isto tako opširno i lijepo razjasnite to i mojim maturantima. Je li, vi ste i sami opazili kako je to teško?

— Istina je, neki vrlo malo shvaćaju.

— Većina, većina, dragi kolega. Na taj način vrlo je teško, pače je nemoguće postići onaj stupanj srednje izobrazbe u jednom predmetu koji učevna osnova propisuje. Najbolje je dakle držati se strogo knjige pa zahtijevati makar i nešto više učenja napamet...

— Ali psihologiju...

— Slušajte me, molim vas, dragi kolega. Valjda ne mislite te ja držim da se na taj način može shvatiti taj teški predmet? Ali to se uopće ne da postići nego kod iznimno dobrih đaka, a mi imamo posla ne samo sa srednjim nego poprijeko i sa veoma zlim učenicima. Slabost materijala sili nas na modifikacije — (ravnatelj važno uvuče dim cigare i odloži je na tanjurić, promatrajući svoj prsten). Osim toga — ovo vam također moram reći — vi ste se dali zavesti par puta na to da đacima tumačite koješta što nije u pravoj svezi sa predmetom, to jest o čem nema ni spomena u propisanoj školskoj knjizi...

Andrijašević osjeti na sebi ravnateljev uprti pogled i to mu bude neugodno.

— Da, kazali su mi a i sâm sam vidio — vi često puta zađete u druge discipline, date se odviše lako zavesti pitanjima koja đaci stavljaju profesoru — i koja pitanja imaju samo tu svrhu da se potroši dio školskoga vremena. Govorili ste jednom — ako sam dobro informiran — o problemu materije, i čini se da ste zašli predaleko.

— Mislio sam da moram predavati znanost prema stupnju na kojem je ona danas.

— Opet zaboravljate da imamo posla sa srednjim đacima, dapače je većina i ispod srednjega nivoa. Neće vas shvatiti ili će vas shvatiti krivo, i vaše riječi bit će tumačene kao da stoje u sukobu:.. u sukobu s nekim drugim predmetima. Vi me razumijete?

— Ukratko, treba da se držim knjige?

— Nisam baš htio da vam kvarim volju; vrlo je lijepo da vas vaš predmet tako zanima i da znate više od onoga što je potrebno za najuže granice koje su propisane za obuku iz psihologije u gimnaziji. Ali, dragi kolega, ne zaboravite to gdje živimo. Mi smo u malom gradu gdje se sve zna i ljudi se svačim bave što im dođe pod ruku, a gdje se mnogo govori o nečem, tu se mnogo šta krivo shvati. Mi smo u gradu gdje je sijelo biskupa...

Đuri bude tek sad jasno o čem se radi. "Ah, dakle to je! Netko se je pobojao da ne bi djeca posumnjala u istinu o duši, što li!"

— Ovaj će razgovor, molim vas, ostati među nama. Ja vas veoma cijenim, dragi gospodine kolega, poznam vaše radove i izvan škole i spreman sam vas uvijek poduprijeti. Ali molim vas, učinite mi ljubav i ne zanosite se predaleko — to bi moglo samo vama škoditi, a za školu zbilja nema od toga prave koristi. Svakako pak treba da se naš rad kao rad pravih pedagoga složi sa svim faktorima o kojima ovisi uspješno školsko obučavanje; a u te spada u prvom redu vjerski odgoj. To sam vam, dragi kolega, htio reći, i molim vas da se prema tome izvolite ravnati.

*

"No, danas je lijepo počeo dan. Kao da ja nemam svojih neprilika dosta. Živim već toliko dana sam, ne idem nikuda, ne govorim ni s kim, učim i radim. Nemam ni druga ni zabave. Jedino što me je još malo razbadrivalo, bila je škola — i to baš ta predavanja o psihologiji. I to hoće da mi otmu.

"A što sam skrivio? Pitali su me đaci o Haeckelu — i ja sam im još sasvim jasno kazao da Haeckel nije nikakav filozof i da je njegova knjiga o zagonetkama svemira puna netočnosti i presmjelih kombinacija. Ali da — ja sam i dodao da nije posao naravoslovca kritizirati kako svjetsku zagonetku rješava ova ili ona religija. Transcendentalni problemi ne daju se riješiti s pomoću običnih naših zasada — ta, Bože moj, to je tako stara i poznata stvar!

"Ni to nije nekomu pravo. Kaže on: čuo sam, informiran sam. Od koga je čuo? Dakle — uhađaju me. I to još!

"A da znadu kako je sva moja narav daleko od materijalističnog pogleda na svijet!

"Ma što ja to govorim? Komu od tih ljudi može biti stalo do toga što ja mislim o temeljnim problemima filozofije? Maričić ili tko drugi — pa taj isti ravnatelj sa svojim talmiaristokratskim manirama — i Radović sa svojom bijedom — što ti svi ljudi i znaju o Kantu ili Machu! Za njih je dosta, da sam im, ne znam ni sam za što, nesimpatičan — i hoće da mi naškode.

"Spominjem se još da sam se veoma čuvao zaći dublje u bilo koje pitanje, — samo da ne dođem u sukob "sa vjerskim odgojem," kako lijepo veli direktor. Ima pravo Lukačevski: ne spadamo mi amo. Ja sam njima tuđ i zato neugodan. Ravnatelj ne shvaća da ideš preko školske knjige, a Maričiću se čini strašno važno na kapralski način čuvati svoj auktoritet.

"Teška je to žrtva od mene. Da nisam obvezan Veri, ne znam da li bih pustio da mi drugi put otčitaju ovakav levite".

Gotovo čitavo to jutro Andrijašević nije ništa radio nego pustio djecu da se zabavljaju čim hoće. Šetao je amo — tamo po školskoj sobi, razmišljao i gledao kroz prozore kišu koja je oštro udarala o staklo.

Poslije obuke sastane ga na hodniku kolega Rajčić i pozove da dođe k njemu na večeru.

— Doći će i Gračar, pa će biti veselo. Vi ste, kolega, ionako premalo u našem društvu.

*

Đuri dođe veoma dobro taj poziv. Znao je da mu je razgovor s ravnateljem pokvario čitav dan, pa navečer neće moći da uči. Zadnjih dana ionako morao se siliti da ne ide iza večere van, nego da ostane u svojoj sobi. Stao je pače mititi sam sebe kao dijete — naredio da mu se kuha čaj prije spavanja.

Čežnja za Verom morila ga jače do igda. Sve je više osjećao težinu obveze što ju je preuzeo na sebe obećavši da joj se neće približiti dotle dok ne svrši ispita. Uviđao je da će dok napravi ispit proći mnogo više vremena nego što je isprva bio mislio; sad je računao da će na jesen ići u Zagreb. Upoznavši se bolje sa prilikama u svom staležu znao je da prije godine dana ne može biti imenovan ni u najnižem stalnom stepenu.

A dani su prolazili i odviše polako. S Lukačevskim nije mu se dalo drugovati jer ga je plašio strašan mir kojim je taj čovjek govorio o propadanju svih ljudi što se posvete profesorskom staležu i dođu u provinciju. Ostale kolege poznavao je tek iz službenih odnosa; neki bijahu mu upravo odvratni, a kod drugih, koje je isprva bio držao tipovima i zanimljivim ljudima, uvjeravao se pomalo da su također silno podvrženi pogreškama što ih sam sobom nosi život u uskim granicama maloga grada.

Među ove druge spadao je i Rajčić. Negda bio je jedan od najboljih đaka na sveučilištu pa se i sad koji put znao javiti filološkim raspravicama u stručnim listovima. U službi bio je savjestan i točan, pa se za volju toga opraštalo što je — to su svi znali — rado pio. Andrijaševiću je isti Maričić, par dana kako su se upoznali, otkrio tu Rajčićevu pogrešku i zlobno dodao da se to "nimalo ne slaže sa dužnostima nastavnika." Kasnije saznao je Đuro da Rajčić ne živi baš najbolje sa ženom, koja mu je vječno spočitavala što ju je uzeo. (Bila je kći nekog imućnog trgovca iz gornjih krajeva; a život sa Rajčićem zazbilja joj nije mogao da nadomjesti obilja u očinskoj kući.)

Baš prije nego je htio da se spremi na tu večeru, sjeti se Đuro da i ne pozna lično Rajčićeve žene. "Ni u posjetima nisam bio kod njih dosada, a sad najednom — u goste." Nije mu bilo radi Rajčićevih — znao je da nije ništa neobično takav prvi pohod iza kojega tek dolazi službeni posjet; ali je sam sebe ukorio što se nije sjetio makar da poslije podne ranije obuče crno odijelo i ode k Rajčićki.

"Vidi se, već sam i ja zaboravio forme. Pa što napokon, sad ne mogu da ne odem. A u crnom odijelu, to bi bilo odviše službeno."

Da ipak nekako markira svoj prvi posjet, ode do Gračara, misleći s njim zajedno ući prvi put u Rajčićkinu kuću.

*

Gračar je jedan od najstarijih kolega, oženjen, otac petero djece. Stanuje dosta daleko, u jednoj od manjih uličica onoga dijela gdje se grad već uspinje na brežuljak.

Andrijašević, pod udarcima škropca koji još uvijek nije prestajao a sad navečer bio upravo leden, nađe jedva jedvice kuću. Uspevši se po kamenitim stubama dvorišta, dođe pred ogromna drvena vrata i zakuca.

Sama Gračarova žena otvori vrata — noseći u naručaju najmlađeg sina, dijete od tri godine.

— Oprostite što smetam tako kasno; je li gospodin suprug kod kuće?

Gračarica bila je i više nego u negližeu; stara, iznošena suknja i napola zakopčana bluza jasno su kazivale da nije očekivala nikakvih posjeta. No dolazak Đurin nije je nimalo smeo; ovomu se učinilo kao da je žena njegova kolege već sasvim privikla na takvu kućnu toaletu i da je ništa ne uznemiruje što je stranac nalazi u neredu.

— Izvolite — jest, doma je; pripovijedao mi je da je pozvan na večeru k Rajčiću; zar ćete i vi tamo?

Učas se stvori oko Andrijaševića još troje djece; djevojčica od pet godina, sva zaplakana, sa komadom kruha u zubima, i dva dječarca, napola svučeni.

— Ajde, djeco, u krevet. Opet su izišli van. Tako vam je to, moj gospodine, od djece nikad mira.

Vrlo ljubazno, pitajući ga za zdravlje, povede Gračarica Đuru kroz kuhinju u "muževu sobu." Kuhinja bila je niska, slabo osvijetljena malom svjetiljkom što je visila o zidu. Sve je bilo zadahnuto mirisom sapuna i rublja.

Gračar, začuvši da se otvaraju kuhinjska vrata, zaviče iz svoje sobe: "Opet otvarate! Što vam je danas; svaki čas osjećam propuh!"

No kad se pokaže Đuro, on sav veseo ustane i ponudi gostu sjesti. Sam sjedio je u silno vrućoj sobi i ispravljao zadaće.

Soba ta zvala se "njegovom", kako je bila rekla Gračarica; uistinu bila je to jedaća soba u kojoj je samo ormar za knjige i visok, prost pisaći stol, kakav se obično viđa u predsoblju ureda gdje rade pisari, činio poseban Gračarov kut. Na stolu stajali su još ostaci dječje večere, sva sila smrvljenoga kruha i voda prolivena po kožnatom stoljnjaku.

— Kod mene je malo neuredno — no to morate oprostiti. Robovi smo svoje djece. A tu nije lako u red spraviti kad ih je petero. Ja sam baš htio da se obučem i pođem.

Gračar se odmah stane oblačiti i pri tom šaliti pri svakom komadiću odijela. Pokazalo se da je veoma teško naći njegove manšete. Premda je traženje dosta dugo trajalo, on se nije razljutio nego se smijao ispitkujući djecu koja su plaho motrila gosta i nisu se dala iz sobe.

Na ulici Gračar ustavi Đuru pred svjetiljkom.

— Moram vas upozoriti — nemojte se začuditi ako nas Rajčićka zlo dočeka ili se malo pokecka s mužem. Ona je već takve naravi.

*

Ta se bojazan nije ispunila. Rajčićka je dočekala goste vrlo uljudno, pače službeno. Bila je prilično mlada žena, oštrih poteza, ali začudo tiha i meka glasa. Odjela se u kućnu opravu koja je sigurno odavna bila spremljena u ormaru za svečanije zgode; Andrijaševiću se nehotice učinilo da miriše po naftalinu.

Rajčić bio je vas sretan; opažalo se, doduše, da je već prije večere malo pio, ali je sam ulaz prošao vrlo lijepo i veselo. Đuri se iza pohoda kod Gračarovih osobito svidjelo što je jedaća soba u Rajčićevih bila vrlo lijepo uređena — to posoblje jedino je što je ostalo netaknuto iza bankrota Rajčićkina oca. Večera sama bila je mnogo skromnija nego stolni pribor, ali ipak se Andrijašević sasvim razvedrio u razgovoru.

Rajčić odmah iza večere stane predlagati da se "konstituiraju". Njegova žena pogleda ga dva — tri puta nemilo, pače se svojim tihim i mekim glasom javi da je to ružan običaj.

— Ti nisi nikad zadovoljan ako se ne pije preko mjere.

No badava; Rajčić odmah ustane i stane u kićenom govoru slaviti svoga miloga gosta koji prvi put ulazi u kuću. Iza pola sata Đuro je već bio ispio nekoliko punih čaša i govorio "ti" jednomu i drugomu kolegi.

Gračar bio je vanredno dobre volje.

— Vi ste najblaženiji čovjek na svijetu — uvijek ste puni šala — polaska mu Rajčićka koja se neprestano spremala da ide kuhati čaj, ali ju je muž svaki put kad bi ustala opomenuo da je još prerano za to.

— Draga gospođo, to vam je ovako: mi činovnici ionako nemamo što da biramo. Sve nam ide po zlu; plaća nikakva, a potrebe velike; u školi vječne neprilike, doma vječna mizerija. Sad, ako bih još bio zle volje, tko bi to sve mogao podnijeti? Ovako još nekako ide. Živio galgenhumor!

Svi se kucnu.

Gračar mljasne jezikom i začne opet smijuckajući se:

— Za nas profesore samo su dva načina kako se možemo izvući iz naše situacije. Jedno je galgenhumor, a drugi bi način bio ovaj: da se u saboru votira opet zakon po kojem se može dužnika zatvoriti radi dugova. Ja bih odsjedio svoje dvije godine — i mogao bih iznova početi živjeti. Eh, da vidite kako bih tek onda bio veseo!

Svi se nasmiju, samo se Rajčićki nikako nije svidjela ta tema; nju su užasno mučili dugovi, plaća muževa bila je već davno zaplijenjena, a sad se živjelo baš od dana u dan, očekujući spas od kakve bolje instrukcije ili od honorara za preudezbu koje zastarjele školske knjige.

Razgovor pomalo dođe i na ozbiljnije stvari. Rajčić se stane tužiti na jadne prilike, na skupoću (taj čas upotrijebi žena i zbilja stane spremati šalice za čaj), a napokon razjasni Đuri da bi ga nešto htio zamoliti.

— Samo ne pitaj potpisa; na mjenicu neće ni tebi ni meni ovdje nitko više ništa dati — nasmije se grohotom Gračar.

O mjenici se nije radilo. Rajčić je nadugo i naširoko pričao Đuri o tom kako je on, Andrijašević, poznato književno ime, kako se cijene njegovi radovi — i napokon ga zamolio neka bi u poznatom jedinom književnom listu napisao kritiku o preradbi čitanke koja je baš bila nedavno izišla pod redakcijom Rajčićevom.

Đuro je već osjećao da je dosta pio; ne hoteći mutiti društvo, sasvim zaboravi da i ne pozna Rajčićeva rada, pače da to nema ništa posla s njegovom strukom i da će pohvalna kritika biti malo sumnjiva, pa obeća sve što je Rajčić htio.

Sad se tek razvije veliko veselje. Rajčić odmah ispriča ženi, koja se vratila iz kuhinje sa čajem, da je "naš sjajni književnik" vrlo zadovoljan sa čitankom i da će i našoj "glupoj publici" objaviti to svoje zadovoljstvo; pa zatim neposredno dade odnijeti čaj i donese novu bocu vina.

Njegova žena zahvali doduše Andrijaševiću, ali počne jasno pokazivati da joj nije pravo što toliko piju.

Dok su Rajčić i Gračar uzalud htjeli da u duetu udese neku pjesmu (Gračar bio je skinuo naočare, jer, veli, odviše jasno vidi sve!), stane ona oko ponoći Andrijaševiću, koji se morao već malo čuvati vina, razglabati kako je mučna profesorska služba, valja rano ustajati, biti svjež, a ne gubiti noći itd.

Đuro shvati i iza četvrt sata ustane da se oprosti.

Ali društvo se nikako nije htjelo razići tako naglo. Rajčić je uzalud nagovarao Đuru da ostane, pa se nije žacao spomenuti ženi da je ona sa svojim zijevanjem kriva što gost hoće da ode.

Napokon ustane i Gračar; ali Rajčić odmah izjavi da će s njima još na crnu kavu, jer "milostiva hoće da spava."

Tu se dogodi neugodna scena: Rajčićka tihim i mekim glasom, koji se je sasvim krivo skladao sa njenim oštrim riječima, počne spočitavati mužu kuda će sada tako pijan, i psovati Gračara da bi bar on, tako star, morao imati pameti. — No to bi mi još trebalo — da budem pametan iza ovako dobre večere!

Ali Gračarov smijeh nije utišao disonance; razvije se prava borba radi ključeva, a što je bilo najgore, Rajčić je morao moliti ženu da mu dade novaca.

— Nemam novaca — ionako sve zapiješ, a od plaće ti ne ostaje ništa.

Đuri bivaše sve neugodnije. Rajčić ga ne puštate nego se sasvim bez smetnje upusti u svađu sa ženom. Konačno je stane moliti da mu dade bar jednu krunu; a kad ona nije ni toga htjela, htjede da joj uzme ključe od ormara. Gračar je filozofski jeo i pio dalje, dok je Đuro stajao sa šeširom u ruci i morao gledati kako Rajčić ide sve bliže k ženi i sve je jače psuje. Ova mu napokon baci ključe na stol, stane ridati i dijeliti mu sva moguća pogrdna imena.

— Ah, zašto sam ja svoju mladost žrtvovala za takvu ništariju — ni pred gostom se ne sramiš kad si pijan....... cijelo more psovaka čulo se iz plača........

Došavši kući, Đuro nije dugo htio da legne. Stane šetati po sobi i pušiti cigaretu za cigaretom, misleći da će se tako umiriti.

"Kako ti ljudi žive, kako ti ljudi žive! Gračar je dobre volje — a žena mu je kao sluškinja. Kako samo može izdržati u onoj sobi?"

— Pijan si, ništarijo... zvučao mu je odmah zatim u ušima tihi glas Rajčićkin i njeno ridanje.

"Taj me je nesretnik slavio i napojio me vinom; hoće da bude pohvaljen u novinama. A ne vidi, jadnik, kako je skupo platio tu pohvalu time da se preda mnom onako svadio sa ženom!

"Sad i ne znam da li smijem k njima? Kako ću doći opet k Rajčićki u posjete? Ah, šta — oni valjda i nemaju stida. Onako se prepirati pred stranim čovjekom! Čini se da im to nije ništa neobično; Gračar se nije ni časak uzbunio.

"Užasno, užasno. I na koncu ju je morao moliti za krunu! Za jednu krunu! Možda je ona zbilja nije ni imala. Jedan je veseo, misleći na to kako bi bilo odsjediti dugove u zatvoru; drugi se ne stidi preda mnom ženu moljakati da mu dade par desetaka!

"Bijeda, bijeda. Nije čudo da se opijaju. I ja sam se opio. Još sam i obećao da ću napisati kritiku.

"Čime ti ljudi žive, Bože moj! Zar je takav život vrijedan da ga plaćaš mukama?...

"Vera i Gračarova žena... i Rajčićka. Drugarice... žene kolegâ; je li to moguće?...

"Đuro se sjeti fine, stroge pojave Verine, sjeti se života u njihovoj kući, odmjerenog, lagodnog, etiketnog... i čitavu noć ne uzmože da stisne oka.

VI.

Sporo i jednako tekli su dani. Iza krasnoga proljeća učas zazelenješe se bogato vrtovi, na surom kamenju oko Senja tu i tamo diglo se sitno grmlje i trava. Sunce pripeče već u svibnju punom snagom.

Đuri bivaše sve teže ostajati navečer u svojoj sobi uz knjigu. Primorske noći mamile ga na zrak — i čitave večeri znao bi probaviti šećući uz more. Stara njegova navika da u mašti proživljuje najnemogućnije kombinacije, zahvati ga kao nikad prije. Ljubav za Veru postajala je za nj sve više nekom teškom i bolnom uspomenom. Svaki dan donosio mu novih razočaranja: u školi bivalo mu sve dosadnije otkad je morao da napusti svoj slobodni razgovor sa djecom i da se drži suhe šablone zadavanja i ispitivanja lekcija. Materijalne brige tištale ga svaki dan nemilije; a što je najgore bilo, neprestano se morao uvjeravati kako neće nikad biti kraja toj oskudici novaca koja sve njegove kolege muči jednako kao i njega. Na ženidbu s Verom nije se ufao da misli niti da o tom ozbiljno računa; podao se misli da će se morati promijeniti ili neočekivano doći nešto što će popraviti svu nevolju.

Odluka "podavati se životu" nije za nj bila ništa novo. Svaki put kad bi ga nešto zateklo što se nije dalo odmah svladati ili je bilo u neskladu sa njegovom duševnošću koja je žudjela za harmonijom i mirom, kad god bi se našao oko u oko s neprilikama običnog života koje se nisu dale protjerati ni mislima ni sanjarenjem, Andrijašević bi bez otpora doskora zaključivao da nema smisla s tim razbijati glavu, i — čekao što će doći. U dnu duše bilo je negdje sakrito tajno uvjerenje da u zvijezdama nije za nj upisana sreća — i to uvjerenje izbijalo bi u obliku pravog fatalizma čim bi Andrijašević na svom putu našao zapreku kojoj nije bio sam kriv. Ne hoteći ni da to sam sebi prizna, on se sve više izmirivao s mišlju da se valja začas pokoriti svoj ovoj nevolji koja ga je stigla — da nema smisla boriti se, jer ionako nema nikakve nade u uspjeh. Još je uvijek svršavao svaki dan svoj određeni dio opetovanja ispitne materije; ali pri najmanjem duševnom neraspoloženju bacao bi nevoljko knjigu i bježao iz svoje sobe, govoreći sam sebi: Jedan dan više ili manje, svejedno je; ionako treba tegliti još dugo dok budem mogao misliti na to da će Vera biti moja.

I sama ta misao "kad će Vera biti moja" polako, svaki dan za korak, odaljivala se od njega. Gledao je oženjene drugove, njihovu bijedu, njihove navike; uviđao da ni sam ne može sada a neće ni kasnije moći držati se na površini sa plaćom koju ima i koju će dobiti. Vera je pomalo postajala za nj nedohvatno biće; lagodan život u njenoj obitelji, navike ljudi koji imaju dosta da sebi priušte i nešto luksusa

— sve to postajalo je za nj nečim što se tako malo slaže sa njegovim sadašnjim životom, te je uzalud tražio izlaz.

Kao đak u Beču živio je prilično dobro; potpora stričeva, stipendija, a nešto za sitne potrebe i literarni rad — to je skupa iznosilo mjesečni prinos koji je dostajao za uredan život. Od mladosti nije bio naučan na veliko obilje, pa se je u običnim stvarima, osobito u jelu, lako stegnuo na najpotrebnije. Nije mu nimalo smetalo da za večeru ima samo komad šunke i kruha sa čajem. Ali tim više navikao se bio na neki drugi luksus: na to da češće posjećuje kazališta i izložbe, da prati muzikalne novosti. Općenje s Verinom obitelju donijelo je k tomu još nešto: brigu za odijelo.

I — čudo! U velikom gradu ipak se dao sastavljati kraj s krajem i Đuro je bio zadovoljan svojim životom. Ovdje pak nije bilo gotovo ničesa od onih zabava i potreba na koje je u Beču znao trošiti dobar dio svoga novca; ali oskudica bila je svaki dan veća. Đuro je već tri puta pisao majci po novce; drugi put učinilo mu se da mu ih je ona poslala preko volje, a treći put morao je pače da ode sam k njoj na Rijeku. Posao sa Tominom baštinom išao je vrlo slabo; pokazalo se da bi trebalo popraviti kuću i u to uložiti dobar dio gotovog novca što ga je Tomo bio ostavio. Mati nije pravo shvaćala u što Đuro treba "tolik novac"; njoj se činilo da je sad gotov s naukama, na vlastitim nogama, pa kako je — pohađajući sve više crkve i udaljujući se od svijeta — svaki dan slabije poimala potrebe života, jedva se dala skloniti da mu izruči jedan mali dio novca.

Uza sve to Đuro je opet sada, na početku lipnja, bio u velikoj neprilici. Sam se je čudio da za tako jadan život toliko troši. No jednostavan račun uvjeri ga da stan, hrana, prinosi za društva i za mali jedan đački dug, i napokon sitne potrebe, iznose preko sedamdeset kruna više od njegove "plaće". Nije u tu svotu računao odijelo koje je platio od novaca "posuđenih" od majke. Račun se slagao; deficit je bio veći od svih novaca što ih je mogao da pribavi. Pomisli čas na to da potraži instrukcije; ali pod kraj godine toga nije bilo — a inače nije se dalo ništa zaslužiti. Prvoga lipnja dogodilo mu se pače da je morao ostati svojoj gazdarici dužan polovicu novaca za stan i jelo — a u džepu mu ipak nije ostalo ništa.

To ga je gotovo još više mučilo nego sve drugo. On, stari čovjek, morao se stidjeti pred tom jadnom bakom, udovicom pisara, da joj kaže: "Platit ću vam kasnije". Baka nije ništa rekla; ali Đuri je dva dana poslije te izjave bilo nekako teško i neprilično kad je ušla u njegovu sobu.

"Ah, da je to veliki grad, bilo bi lako. Stisneš se jedan — dva mjeseca, uzmeš jeftiniji stan, prištediš na hrani — i opet sve prođe dobro. Na dva—tri mjeseca odaljiš se iz jednoga kotara u drugi, ne ideš među drugove — i sve se uredi. A kuda da pobjegneš ovdje? Profesor — valja da večeraš; na stanu se ne da prištedjeti ništa, odijela ne mogu da založim — a ostalo su sve troškovi koji se ne dadu smanjiti".

Sredinom mjeseca stala ga smetati oskudica gotova novca. Na petnaestoga gazdarica mu saopći da je siromašna i da nema od čega davati hranu ako joj ne plati; Andrijaševića prisili to da joj dade posljednjih deset forinti — i još ostane nešto dužan. Ostavši poslije toga sa tri krune u džepu, sasvim se preplaši; bojao se ići u ikakvo društvo, da ne mora otkriti svojih žalosnih prilika.

Više od te nužde nego od prave volje privikne se na duge šetnje. Dva puta pozvao je Gračara da idu zajedno do obližnjeg sela; ali iza toga morao je da ide sam, jer se oba puta šetnja svršila sa boravkom u seoskoj gostioni koji ga je lišio zadnjih novaca.

A priroda bijaše zbilja prekrasna. Duge ceste, kamenite, tvrde i vijugave, idu uz more na dvije strane. Na sjeverozapad i na jugozapad širi se pogled na more, svaki čas drugačiji. Kako se kreće oblak, kako se diže sunce ili umire svjetlo, tako i more mijenja boju. Ujutro je gotovo jednako kao i nebo, pa ne vidiš granice između beskonačne vode, gola ostrva i obzorja. Glatko je — i ružičaste gole klisure odsijevaju se u njem kao u zrcalu. Uz obalu je svijetlozeleno, u daljini sivo. Sjene su kod kraja prozirne, tamnozelene, daleko su ljubičaste, jake. Ali tek u predvečerje otkrije voda svu svoju ljepotu. Krvavo sunce spušta se za otok koji izgubi sasvim plastično obličje i kao tamna ploha sa oštrim konturama strši na obzorju. Svaki valić prelijeva se ko rujni biser, — svako jedro odrazuje se u sto drhtavih nijansa rumenila. A na drugoj strani: brijeg od samoga kamena, mrk i jednoličan kao da stište zube pripravljajući se na smrt. Nema ni kuća na njem ni ljudi — sam on penje se u zgrbljenoj crti visoko — do pod glavicu Velebita, prekritu lakom maglom.

Kasno podvečer znao se Đuro vraćati sa svojih šetnja, hodajući jednomjerno, ne promatrajući pojedinu ljepotu prirode, nego uživajući u cijeloj toj veličajnoj slici, sastavljenoj od mekih i toplih boja mora i od puste osame nenapučenog kamena. Sve ga to unosilo u neku ekstazu u kojoj bi sasvim izgubio osjećaj za onaj čas u kom živi — i mislio, maštao bez granica.

Još od najranije mladosti u njega je jaka sanjarska žica. Život sa svojim formama nije ga nikad zanimao mnogo; — tako mu ostadoše tuđi i javni pokreti i sve ono što ljudi trpaju pod široku kapu socijalnih znanosti. Njegova fantazija nije podnosila niti okova ljepote same za sebe; makar ga je oduševljavala harmonija boje i linije, u njegovoj duši slike, misli i osnove redale se naglo, dotičući se svih mogućih stvari. Zna da je kao dječak dane i dane znao sanjariti o tom kako bi bilo da naglo postane bogat. I sada mu dolažahu na um jednake misli — a u sanjarenje uvlačila bi se i ozbiljna refleksija. U isti čas mislio bi i koliko vjerojatnosti ima igra na lutriji i kako bi uredio svoj život da ima dohodak od pet ili deset tisuća forinti na godinu. Birao bi u mašti različne forme blagostanja: putovanja, život miran na kakvom lijepom jezeru u ukusnoj vili, pravio kombinacije o svom literarnom zvanju, o neizdanim knjigama, o užicima glazbe, o ugodnostima života ljudi koji se ne trebaju brinuti za svagdanji kruh. Drugi put sasvim bi ga zbunila novinska vijest o napretku tehnike — i odmah bi pomislio sebe kao velikog obretnika umjetnog dragog kamenja ili kakve savršenije mašine. Trgovci dolaze k njemu, obret se ocjenjuje, on ga prodaje — bude direktor ogromnog poduzeća sa tisuću radnika, čovjek slavan. Ili: on piše dramu, djelo koje će zadiviti ljude. Gotovo te vidi pred sobom glumce u kolosalnoj sceni u kojoj novi Nero, vladar pariške burze, žrtvuje tisuću egzistencija. Čuje tišinu i napeti dah općinstva — i onda pljesak, oduševljenje, opojnost. On je slavan, bogat, cijenjen... znameniti svjetski nakladnik nudi mu veliku rentu pod uvjetom da smije izdavati njegova djela...

U takvim beskrajnim fantazijama Andrijašević je dnevice sam sebe znao lišavati dojmova neugodnog svog sadašnjeg života. Nikad mu nije palo na um da zbilja nešto počne (jedino je kupovao redovito srećke), da radi što na književnom polju — taj svijet mašte postojao je sam o sebi i Đuro bi se navijek utjecao njemu kad je htio da pobjegne od neprilika realnosti.

*

A te se neprilike gomilale dan na dan. Kod kuće bivalo mu je sve dosadnije; od gazdarice nije se ufao tražiti da mu kupuje neke malenkosti koje je do ovoga mjeseca naknadno plaćao. Zaostane sa otplatom đačkoga duga i odmah dobije pismo od odvjetnika. Osjećao je potrebu da govori s nekim, da dođe malo u društvo, da se razbadri (tu ga bijahu već proglasili čudakom, samoživcem i oholicom) — a nije se mogao nikako odlučiti na to da ode u gostionu i ostane dužan par čaša piva. Kad ga je Rajčić jednom uhvatio na ulici i poveo k sebi "na čašicu razgovora", nije se nimalo skanjivao makar da poslije one večere nije ni bio u posjetima kod njegove žene. Rajčićka ga dočekala ovog puta hladno; ali Đuro je ipak bio zadovoljan da s nekim probavi večer. Rajčićkina zlovolja nije se uostalom ni toliko opažala jer su u društvo kasnije došle dvije gospođice: Rajčićeva sestra i gradska učiteljica.

Ova posljednja svidi se Andrijaševiću. Bila je djevojka već davno prešla tridesetu; ali nikomu nije padalo na um, da se ruga njenom usidjeličkom životu: ona nije tajila svojih godina, bila dobre volje kraj toga i rado se zabavljala. Njeno zvanje i godine pribavljale su joj slobodu koje u malom gradu obično nema mlađi ženski svijet; uza to su je svi poštivali i — kao s učiteljicom djece — bili gotovo svi dobri s njom. Gospođica Darinka živjela je veoma lijepo i zadovoljno i većinu svoga slobodnoga vremena upotrebljavala za to da sudjeluje kod zabava, diletantskih predstava, glumeći vrlo rado stare gospođe; bila je pače članica čitaonice i dolazila redovito čitati novine.

Uvijek spremna da novo poznanstvo izrabi, Darinka odmah predloži Andrijaševiću da se udesi stalno diletantsko društvo i da on primi upravu. Đuro se jedva oteo toj njenoj želji, na što je ona sa komičnom rezignacijom, tobože uvrijeđena, stala koriti velegradske ljude koji se "s nama pužima" neće da miješaju.

— Pa vi ste i mladi gospodin — a kod nas ima toliko veselih djevojčica, te nije pravo što živite tako sami. Dođite malo k nama, vidjet ćete da nismo tako divlji.

Konačno joj je morao obećati da će sudjelovati kod izleta u bližnje selo, u kojem će Darinka sa još dvije gospođice, Rajčić, Rajčićka i dva druga gospodina posjetiti jednu Darinkinu družicu iz škole.

Dan izleta bio je određen upravo na prvi od dva svetka što su dolazili na kraju mjeseca. Dva dana prije toga sjeti se Andrijašević da će za taj izlet trebati novaca.

"No, pet forinti ću valjda naći negdje" — utješi sam sebe i pođe najprije do Gračara. "Neće imati novaca, ali bar će mi znati savjetovati."

No Gračar se pokaže veoma zabrinut.

— Pet forinti! Dragi, to ti je puno. Ja sâm nemam ni novčića, jedva da mi ostaje za cigare. Čekaj, možda ćemo naći koga od kolega...

Đuri se nije htjelo da pita koga drugoga osim Rajčića.

— A, taj nema sigurno; a da slučajno u njegovoj kući i ima koji novčić, znaš i sam, ne bi imao on nego njegova žena. A zašto trebaš novce?

Đuro iskaže.

— Hm — za izlet, to valjda nije tako velika potreba.

— Ma zaboga, pet forinti nije nikakva svota!

— Poslije dvadesetog to ti je više nego na prvoga trideset. Da bar možeš čekati do konca semestra — onda ljudi dižu honorare za ispite. A što je s Lukačevskim?

— Nisam s njim pravo govorio već dugo, pa mi se ne da pitati ga.

— Ti si sam kriv što je to sad tako teško; ne družiš se ni s kim. Znaš što — pokušaj pitati ravnatelja.

— Ah, molim te, da mi odbije, morao bih ga opsovati. Napokon se dogovore da će ipak pokušati kod kojega kolege. Gračar je sam preuzeo na se posredovanje i otišao najprije do dvojice za koje je mislio da će imati. Navečer saopći Đuri da nema nikakva uspjeha.

— Nema druge nego traži ti sam u Žuvića. Dat će ti. On voli da su mu ljudi obvezani. Računa na to da će naslijediti direktora. Andrijašević se teško odlučio. Ipak se svlada i zamoli ujutro između satova Žuvića za uslugu.

— Gle, trebate novaca. A mi smo mislili da dobro stojite. Ne družite se ni s kim, živite sami za sebe, nismo očekivali da ćete imati potrebe od koga od nas. Na žalost, ja nemam; nego znate što — upitajte Maričića... Ah jest, vi se nekako ne gledate najbolje; hoćete li, pitat ću ja za vas?

"Ne, toliko se ipak neću da ponizim" pomisli Đuro, zahvali Žuviću i pošalje gospođici Darinki poštu da je bolestan i da ne može na izlet.

Radi toga morao je dva svetka ostati kod kuće. U sobi bilo je sparno i neugodno. Još je gore bilo što je gazdarica ozbiljno shvatila tu bolest, sasvim zaboravila da joj je Andrijašević dužan dio stanarine i da mu je to već dva puta rekla — pa se dala na to da ga njeguje: htjela mu na silu davati mlijeko i ići po liječnika. Drugi dan već nije mogao da izdrži i pođe navečer ravno u gostionu.

"Što zato! U Beču sam toliko puta ostajao dužan i još tuđim ljudima; moći ću i tu."

*

Gle — rekonvalescent! — dočeka ga Lukačevski, napola zabrinuto, napola porugljivo. Kako je? Čuo sam da ste oboljeli — pa niste išli na izlet s Rajčićevima.

— Ah, ništa mala indispozicija!

— Pazite samo da se ne rasrde na vas. Gospođica Darinka ne voli muškarce koji joj se ne pokoravaju (Đuro opazi zlobni prizvuk u tim riječima).

— Ja i nju i cijelo društvo jedva malo poznam, pa su se valjda i bez mene dobro zabavljali.

— Tko zna? Vi ste ipak bili jedina partija među pozvanim muškarcima, a tri gospođice!...

— Ajte, molim vas.

Lukačevski je nekako začudo bio dobre volje. Đuro malo u neprilici naruči prvu čašu, misleći na to da će morati na koncu kelnerici kazati neka ga počeka do prvoga; ali pomalo zaboravi to, pače ne pođe kući na večeru "da ne ostane dužan samo par novčića".

— No, tako je i pravo, ostanite malo sa mnom. Kasnije doći će i Gračar; danas je blagdan, pa on ne bi mogao ostati bez svoje pol litre poslije večere. À propos — htio sam vam nešto kazati — nemojte me zlo shvatiti. Učinili ste zlo što ste prekjučer tražili novaca.

— Otkud vi to znate?

— Otkud ja to znam? Dragi moj, to vam danas zna svatko. Što se ne zna ovdje? A ljudi na koje ste se obratili nisu baš takvi da bi vas štedjeli i čuvali diskreciju. Žuvić je sav sjajio od zadovoljstva, pripovijedajući mi kako ste ipak i vi uvidjeli da nije lijepo što se tuđite od kolega i došli k njemu. Je li vam bar dao novaca?

— Nije.

— Znao sam ja to. On ima, ali vas je htio još gore poniziti — da molite od Maričića. To je od vas bilo vrlo neoprezno. Raznijet će vas na jezike, načinit će od petače stotinjarku i škoditi vam. Zašto niste došli k meni? Ženirate se što niste duže vremena sa mnom bili? Poznam ja to. Vama se nije svidjelo što ja tako otvoreno sudim o svoj ovoj mizeriji u kojoj se mi svi nalazimo, i ja i vi. Strpite se — doskora ćete i vi tako lamentirati i to će vas još tješiti. Par kruna ima uvijek u mene; više ne; ja sam siromah i moram se silno držati reda, da mi se ne dogodi što se dogodilo vama. Ja ne bih Žuvića išao moliti niti bih htio da mu budem dužan. To vam je uopće najgore — biti dužan komu od naše klase. Znate gdje se možete bez straha zaduživati? Ovdje. Vidite, ova kelnerica je u tom najpošteniji stvor. Ona je tu od danas do sutra, pa je nije mnogo briga. Iza nje dođe druga — i ova prepiše na nju dug. One neće o tom kazati nikomu ništa — a vi ne trebate da se za deset kruna blamirate. Uzmite kao pravilo ovo: dugova možete imati koliko hoćete, ali vani. Ja dajem odijela praviti u Pešti — i plaćam beskrajne rate. Ali velegrađanin čeka — što je njemu do vaših pet forinti da li ih dobije ovaj mjesec ili budući! Ali ako vam Rajčić, koji je uostalom pošten dečko, posudi forint — vi mu ga poslije osam dana morate vratiti jer inače nema sam za duhan.

"Forint, pet forinti! To je prekrasno. Došli smo na stanovište koje sam čuo one večeri kod Rajčićevih: pravdati se za krunu." Andrijaševiću te večeri nisu smetale oštre kritike Lukačevskoga ni njegov cinizam.

"Ima on pravo: sve je to tako strašno zlo, da ne može biti gore."

*

Odmah drugi dan iza toga Andrijašević uzme olovku u ruke da računa. Pisao je na jednu stranu sve svoje dohotke — to jest mršavu plaću i mali prinos koji bi još mogao očekivati od matere; na drugu izdatke i dugove. Konačni rezultat toga sračunavanja bio je da se s ovakvim dohocima ne da izlaziti. "Ovaj mjesec već sam u deficitu sa stanom i jelom; drugi mjesec taj će se deficit povećati; što će biti onda? Morat ću uzeti novac na mjenicu — i neću moći da otplaćujem; tako će se u godinu — dvije nagomilati toliko duga, da se moje prilike ni kasnije, kad me stalno imenuju, neće poboljšati."

Na svoj brak, na Veru, nije se ni ufao misliti — zasada učinilo mu se glavno to da izađe iz časomične stiske; na prvoga opet valja plaćati sve zaostatke — a sto kruna ne da se dijeliti na mnogo strana. Zato odluči da piše majci i traži od nje novaca, uza sve to što mu je zadnji put samo preko volje dala; osim toga će, čim plati ovo nešto dugova, dogovoriti se s materom neka ona dođe k njemu u Senj.

"Skupa ćemo lakše živjeti, a i meni će biti ugodnije. Napokon ni je ni lijepo da se majka još i sada hrani od toga što uzimlje đake na stan. Pisat ću joj odmah neka dođe već poslije prvoga u Senj."

Ta mu se misao silno svidi. Nije pomišljao na to da bi ga poslije praznika mogli premjestiti u koje drugo mjesto, niti da se mati možda neće lako odlučiti na to da svoj obikli život zamijeni novim i nepoznatim. Kao da od te odluke zazbilja zavisi sva budućnost, Đuro sav zanesen napiše majci dugo pismo, razjasni joj svoje materijalne poteškoće, polaska njenoj vještini u gospodarstvu i kućanstvu, umetne pokoju uspomenu na djetinjstvo i na kraju čeznutljivo zamoli je da dođe "svome sinu koji je jako osamljen." Pročitavši pismo bio je sasvim zadovoljan i izračunao da će ga mati već sutra imati u rukama i sigurno će odmah odgovoriti.

Pismo od matere zbilja stigne odmah. Mati je u tri — četiri suhe izreke, očito ne hoteći da navodi potanje razloge, saopćivala sinu da niti može doći k njemu ni sad ni kasnije, niti može poslati novaca. "Ja sam, mili sinko, mislila da si ti svršio nauke i da ne trebaš više računati ni na čiju pomoć; ja sama ne bih osim tvoje sinovske odanosti tražila od tebe ničega. Zato sam i odredila ovako glede ovo još malo vremena što mi je živjeti: ja sam kuću Tominu zajedno s ono nešto gotova novca što je ostalo iza njega poklonila našem opatičkom samostanu; opatice će me za to hraniti do smrti, a poslije smrti čitat će se vječna misa za spas moje duše. Tebi, dragi Đuro, sigurno nije tako prijeka potreba novaca; a ja sam kad sam to učinila, umirila svoju savjest i pobrinula se za spas duše, za uživanje većih dobara nego što su tjelesna. O tom te dakle obavješćujem i javljam ti da ne mogu doći k tebi. Ja sam već stara i ne da mi se igrati gospođu, kako bih u manjem mjestu kao tvoja majka morala."

Đuro se isprva silno razljutio. Čudio se otkud samo materi ta odlučnost da je poklonila Tominu kući (naravski sa svim dugovima), a da se nije prije dogovorila sa sinom.

"Ostarjela je, nema sumnje, postala je bogomoljka, oslabila joj pamet, smeli su je! — Da im bar nije dala gotovih novaca! I mene je sad spravila u takvu nepriliku!"

No pomalo zastidio se tih svojih prikora. Majka nije čitav svoj život imala nikakve druge misli nego da radi za nj, da mu što više olakša život. A sad da joj on zamjera što je dolučila svršetak svoga života probaviti u molitvi i tih par stotina ostavila za mise!

"Ja sam kriv što se tako dogodilo. Nisam joj prvo pisao ima već godinu dana. Jedino kad mi je trebalo novaca, poslao bih joj kartu. Naravno — nju je to možda boljelo i tim je više tražila utjehe u crkvi."

"Samo je sad veliki problem kako ću se ja riješiti ovih malih dugova. A kud ću na ferije? Ako je kuća već poklonjena, ne mogu tražiti gostoprimstva u matere. Baš je fatalno sve to."

Kako bi se to udesilo, to nije mogao da riješi ni Lukačevski komu je Đuro povjerio nešto o svojim novčanim neprilikama. — Ako nemate kuda da odete na ferije, onda je lako; ostat ćete ovdje, možete nešto otplatiti pa opet dalje uzeti na kredu. Ako morate otići, onda je zlo jer treba gotovih novaca. No vidjet ćemo na prvoga.

*

Na prvoga poslije podne, upravo kad je Đuro bio uručio gazdarici za dug svoju pretposljednju forintu, donese mu gimnazijalni podvornik brzojavku.

"Tko meni brzojavlja?... Da nije nesreća s majkom?" Gotovo se bojao da otvori. Unutra bilo je napisano:

"Dođi odmah u Zagreb. Moram govoriti s tobom. — Vera".

....

....

"Molim, potpišite", turao mu sluga cedulju na stol. Andrijašević ga u prvi čas nije razumio; brzojavka, taj glas od Vere poslije dugih, dugih mjeseci, dojmio ga se tako da nije skretao očiju sa modro štampanih slova. Ovladalo ga ganuće, gotovo suze.

Ostavši sam, sjedne za stol i sav se prepusti osjećajima — upravo onako kao što bi znao zatvoriti oči i uroniti u glazbu, bez određenih predodžaba, kao da lagodno leži na valu što ga nosi dalje.

... "Vera! Vera! Zlatno, drago dijete moje! Tebi je teško, ti hoćeš da ja budem uza te...".

Vidio ju je: ozbiljnu, lijepu, kraj sve nebogatosti njenih poteza, sa očima koje su tako vedro i pouzdano gledale u nj. Činilo mu se da su te oči sad isplakane, sumorne, da traže u njega pomoći i nade.

Ništa, ništa nije te moglo odbiti od mene — ti si moja djevica — lijepa, dobra, draga... i u misli milovao ju je najljepšim riječima, gotovo osjećao njenu blizinu, dragao je po kosi, prislanjao o njeno rame svoje čelo.

Bude mu kao da Verine brige, koje je slutio iz riječi brzojavke, ulaze u njegovu nutrinu. Htio se stisnuti uz nju, uhvatiti je za ruku, šaptati joj kako je uza nju on — i neće je pustiti...

Ali pomalo miješala se s tim osjećajem i spoznaja vlastite bijede i nemoći. Slabost, gotovo očaj, zahvati mu čitavu dušu.

— Ah, kako smo bijedni nas dvoje — i ti, siromašice moja.

Samilost za Verinu patnju nije više dolazila od čovjeka što je zadovoljan da ona u njega traži pomoći — Andrijašević se u svojim osjećajima sve više približavao njenoj boli i utapljao se u tu bol, zajedno s Verom. Prizori njihove ljubavi prepletali se sa dojmovima sadašnjeg osamljenog, dosadnog, besmislenog njegova života i svaki čas jasniji izlazio mu je pred oči beznadni položaj u kojem je sad...

Sa uzdasima napola rezigniranog čovjeka ustao je od stola kad se vani već stao spuštati sumrak...

"I strašno i glupo je sve to. Vera da mora meni ovako, sigurno potajno, slati brzojavke — i čekat će me prekosutra negdje za uglom, srameći se — sakrito"...

Stidio se za nju, pomišljajući kako će ga ona nestrpljivo čekati na ulici, ogledavajući se da je ne spazi nitko, kao da je kakav grijeh u nje...

"A ja ću joj morati reći da je i meni strašno. Gdje ću ja smoći riječi da je tješim — i govorim joj neka se strpi... Još godinu dana... i više... Pa i onda kad bude sve gotovo, kad napravim taj ispit"...

Dalje nije htio ni u mislima da proslijedi. Vidio je sebe i nju, stisnute u te sitne prilike, sjetio se Gračara i Rajčićke, svih tih ubogih i propalih ljudi koji su postali ružni i neugodni jer ih je takvima učinila bijeda...

"Kakav će to biti susret! Sada, tek par mjeseci iza moga odlaska iz Beča..."

"A zašto mi brzojavlja? Sigurno je došao kakav prosac, hoće da je prisile neka zaboravi na me. Nude joj bogatstvo, luksus, život bez briga..."

"Bijednik — što joj mogu da ponudim ja?..."

Misli bijahu tako teške, da Đuro nije mogao ostati u sumraku između četiri zida. Kako su stvari gubile boju i oblik tonući u neodređenu crnosivu smjesu, tako je i njega sve čvršće obuzimao sumor i strah.

Vani se već bio spustio kasni suton. Na cesti kud ide put do Velebita posljednji šetaoci vraćahu se u grad ispred mraka koji je u širokim plohama dolazio iz daljine. Nebo i more zadobiše jednaku, mirnu boju, a goli krš svuda naokolo kuda dohvaća oko bio je kao ogroman spomenik pokopanih svih nada, smrvljenog svega veselja.

"Da, sutra valja otići k njoj... Dobro da još imam pristojno odijelo... ovdje doskora neću moći ni na to da pazim. Sutra... Kako?"

Mučno mu je bilo misliti o tom da treba negdje naći novaca za put, jer mu je u dnu duše nešto govorilo da neće biti moguće.

"Lukačevski će imati... pa Gračar je također digao svoj honorar za neobligatnu talijansku obuku. Put je jeftin... u Zagrebu bit će dosta ostati dva dana. Trideset forinti bit će dosta... ah, i dvadeset i pet... To će se već naći..."

*

Đuro nije otputovao ni sutradan ni prekosutra. Bila su dva dana takve uzrujanosti, da mu se činilo svaki čas: ja to neću izdržati, poludjet ću.

Prvu večer došao je u gostionu i tražio od Lukačevskoga novac. Taj ga je odmah smeo svojim mirnim pogledom, zamislio se časak i rekao:

— Nemam, dragi. Ja sam ovaj mjesec morao da platim neke račune. Na ferije ne možeš da odeš ako ne platiš. Mislili bi da sam pobjegao. Tko zna hoću li do godine biti ovdje namješten? A radije bih žrtvovao ne znam što nego da me love ili ogovaraju. Samo tako možeš održati samostalnost. Toliko nemam. Pet forinti mogu vam dati...

Ali ni tih pet forinti nije ostalo u Andrijaševićevim rukama. Kad su htjeli izići iz gostione, opazio je Lukačevski da ih kelnerica nekako nepovjerljivo glada — i upozorio Đuru. Ovaj se sjetio da nije platio nekoliko kruna računa od prošloga mjeseca. Valjalo je smiriti.

Drug ga je tješio da će se sutra možda ipak naći novci. Ali Gračar je izjavio da je njegov honorar za talijanski već pred tri mjeseca založen kod štedione za mjenicu. Lukačevski nije još izgubio nade i pomagao je Đuri. No svi napori bijahu uzalud.

— Sad je najgore vrijeme, svi se spremaju na put kuda na praznike, a i dugove plaćaju koliko mogu.

Pokušaše kod ravnatelja; taj se vrlo službeno držao i izjavio da "nema naslova" za predujam. Andrijašević nije htio da dalje sluša i gotovo je pobjegao iz sobe. Jednako ne uspješe ni ostala nastojanja.

Đuro se pače ponizi i pođe moliti u Maričića, no taj ga uvrijedi rekavši mu da on sam ne bi dolazio s takvim zahtjevom k Andrijaševiću "poslije one afere".

— Vi ste prostak! — rekao mu je Đuro u bijesu i pošao dalje. Lukačevski nastojaše da nagovori jednoga trgovca na potpis mjenice, ali za to je opet trebalo par dana vremena, a ionako nije bilo vjerojatno da će ići.

Treći dan Đuro iza uzaludnog trčanja, ponizivanja i muka, postane sasvim apatičan. Vadio bi brzojavku, pogledavao je po stoti put — i spravljao u džep.

Kušao je da se utješi svakakvim izmišljenim razlozima.

"Možda i nije ništa tako ozbiljno; Vera je po svoj prilici u prvoj navali osjećaja pošla na brzojavni ured — inače bi pisala, ne bi brzojavljala. Ja ću što napisati i s honorarom drugi mjesec poći, da, sigurno ću poći u Zagreb."

Ipak se nije mogao smiriti. Četvrti dan ostane sam (i Lukačevski bio je otišao) i bez posla. Napane ga takva čama, da se nije ničim mogao rastresti. U noći, ne mogavši zaspati (već je treću noć proveo napola budan), ustane i napiše Veri list. Nije ni pazio što piše; drljao je dugo stranice gotovo u vrućici. Opisivao joj svoj život (ali se čuvao isticati bijedu), govorio o ispitu za koji treba da ostane preko ferija u Senju da uči — pisao joj takve riječi ljubavi koje mu se inače nisu često izmicale ispod pera i napokon molio je da se strpi.

List otpravi odmah. Treći dan dobije ga neotvorena natrag. Odmah pogodi da ga je primila stara Hrabarova. Sigurno ga je ona sama, ne otvorivši ali poznavajući Đurin rukopis, metnula u nov omot i napisala adresu.

*

U Senju, 7. jula

Mili moj Toša!

Imam da te zamolim za jednu veliku uslugu; radi se o stvari tako važnoj za me, da mi je ne smiješ odbiti.

(Tu je ukratko opisan odnošaj s Verom i dodana molba neka Toša ode u Zagreb, neka nastoji na kakav god način doći u dodir s Verom, neka joj preda priloženo pismo i uza to neka ispita kako je sad kod Hrabarovih, što se dogodilo, koji bi mogao biti razlog da je Vera brzojavila).

To te dakle molim — i ne odbij. Ti ćeš lako naći novaca da odeš u Zagreb i da mi to učiniš. Ja ne mogu.

O sebi pisati dalje ne da mi se. Ne mogu. Sve je tako teško i nemilo, da mi se mrači pred očima dok mislim na se. Reći ću ti samo ovo: Toša moj, ja ne spadam među ove ljude. Zašto, ne znam; ali znam to da je meni za život potreban neki milieu, ne možda bogat i luksuriozan, ali svakako takav da ne moram zapinjati pri svakom koraku. Ovi ljudi što su sad oko mene imaju jedinu zadaću života: da svladaju brigu za kruh svagdašnji. Pa i to im ne uspijeva. A ne uspijeva ni meni. Jesam li ja kriv što sam dosada išao preko granica koje nam pruža naše društvo, ili je tomu kriv tko drugi — o tom svemu ne mogu da sebi stvorim suda. Samo osjećam da mi je strašno. U svom zvanju i u ljudima s kojima općim ne nalazim oslona da se oprem navali obične, dosadne skrbi za najprve potrebe života; od kukavne plaće pak za sebe, za svoj duševni život ne mogu da upotrijebim ništa. A za budućnost — kakve se osnove dadu graditi?

Osuđen sam da preko praznika ostanem ovdje. Hoću li se kad izvući odavle, hoće li se to promijeniti? — —

Ah, ti si sretan! Zaviđam ti. A ti mene požali — i ne ostavi bar u ovoj stvari za koju te molim. To je još jedino što me drži. Pozdravi svoje lijepo i srdačno — a tebe pozdravlja

Đuka

P. S. Otiđi odmah i odgovori odmah. Bolestan sam od nemira i očekivanja.

*

Zagreb, 21. augusta

Dragi Đuka!

Tvoje pismo nije me našlo u Zdencima kamo si ga upravio. Mi smo dobili dečka i moj stari se — za volju unuka — pomirio s Ankom, pa smo na praznicima kod njega. Tu sam i dobio tvoj list tek ovaj mjesec (Bog zna, koliko ga je seoski knez držao kod sebe)! U Zagreb mogao sam tek sada, jer hoću da me premjeste bliže k ocu; inače ću se odreći službe.

Učinio sam kako si želio i propitao se. To jest nisam pitao ništa nego sam otišao ravno u stan ka Hrabarovima, držeći da će to biti najbolje. Izmislio sam neku pripovijest o učiteljskom savezu (gđica Vera je, kako sam doznao, gotova učiteljica), pa sam se nadao da ću moći s njom govoriti i dati joj tvoje pismo. Međutim Hrabarovih nisam našao. Pazikuća mi je kazao da je gospođica Vera bila bolesna u julu, a zatim da je čitava obitelj otišla na liječenje nekud u Štajersku;

kuda, nije mi znao reći. Ispipao sam od njega jedino to da je u kuću zalazio neki doktor Ljubojević (bit će valjda onaj što je odvjetnik i posjednik u Velikoj Gorici). Drugo ne znam ništa. Vraćam ti dakle pismo — i ako još što doznam, javit ću ti.

Računaj uvijek na me ako ti što treba. Ti si veliko dijete, dragi moj, i prepuštaš se očaju gdje nije na mjestu. Bilo bi dobro da opet dođeš k meni na liječenje, kao što si došao onda iz Beča, sjećaš se? Svakako: skupi se malo, jer neću da te ovakva vidim.

Ne čitam od tebe nikad ništa. Zar si zamuknuo?

Kod nas sve zdravo, hvala Bogu, i veselo. Moj Đukica (zove se kao i ti, ali neće biti takva plašivica) već ti je čitav momak. Anka te pozdravlja a i Micika stavlja svoj križ.

Zdravstvuj — i razbadri se!

Toša

VII.

Odgovor Tošin došao je u doba kad ga Andrijašević nije više ni očekivao. Prve dane čekao je sugerirajući sam sebi na silu da će ipak sve nekako okrenuti nabolje s tim ako Toša izvrši što ga je bio molio. Na to da sam ode u Zagreb, nije više mislio; drugi mjesec praznika zatekao ga još u gorim neprilikama. Učinilo mu se preglupo da na prvoga, isplativši nešto duga i namirivši bar napola unaprijed stan i hranu, ostane sasvim bez novaca. Zato otkaže hranu i preseli se u gostionu.

Ljetna zapara ionako ga je tjerala iz kuće. Kamen se regbi zapalio od sunca kao željezo; ni noći nisu bivale hladnije. Po danu život na ulicama mirovao je gotovo sasvim; gust zrak jedva se dao udisati. Raditi također nije bilo lako; pobjeći ispred omare moglo se je tek za vrijeme kupanja; iza toga postajala bi još nesnosnija. Ljudi bivahu tromi; i tek predvečer oživljavaše malo grad.

Otkad je pismo, upravljeno Veri, stiglo natrag neotvoreno, Đuro je čitave dane smišljao o tom što se to kod Hrabarovih moglo dogoditi. Njegova fantazija, ionako uvijek spremna na izmišljanje najrazličitijih kombinacija, našla je obilno hrane u toj nepoznatoj ali svakako nemiloj i teškoj aferi što se događala u Zagrebu. Sva su se smišljanja svršavala jednim zaključkom: Veru je netko zaprosio i Hrabarovi je sile da ga uzme. Ona se osjetila slabom da sama suzbije svakidašnje navale i brzojavkom pozvala njega u pomoć.

A što bijaše dalje? — Na to pitanje nije znao naći odgovora — i silno se mučio s njim.

"Vera nije dobila mojega pisma — nije sigurno ni doznala da sam joj pisao. Čekla me je — i ne dočekala. Što je učinila?"

Nije se ufao sam sebi jasno reći: popustila je. Činilo mu se to nemoguće, i potiho joj je zamjerao što ona, koju ne taru dnevne brige, ne može da izdrži i brzojavlja po njega; dok on, bijednik, kao da je utamničen, mora da se pati, a ipak nije prestao nju ljubiti i u nju vjerovati.

Neprestana misao na tu tajnu stvar što se dogodila s Verom, učinila ga je silno razdražljivim. Nije mogao da pol sata proboravi na miru; knjige bi bacio iza prvih stranica i više ili manje čitavi dan proležao, ubijen sparinom, zadušen svojim teškim mislima.

A ni pismo od Toše, kojemu se nadao kao nekom sigurnom preokretu, nije dolazilo.

"Ni njega nije za mene više briga. Zapustili me svi; ostavili tu da dokrajčim kao riba izvučena na suho. Što sam mu i pisao — pa još o

Veri! Njemu je dosta njegova obitelj — gdje da se brine za moje nevolje!"

Umor i dosada rasli su svaki dan. Andrijašević se, ne opažujući ni sam kako, naučio sjedjeti veći dio dana u gostioni, čitajući novine, i — napokon — kartajući s onim istim društvom koje mu je još nedavno bilo odvratno.

"Nešto se mora raditi; ako budem sam, oboljet ću". Drugovati nije imao s kim. Svi razgovori s ljudima kretali se oko najluđih trica; politika za koju Andrijašević nije imao nikakva smisla, bila je jedino što je jače zabavljalo taj mali svijet. O tom pitanju znalo je doći i do oštrih raspra; no Đuro nikako nije mogao da sebi objasni čemu svi ti ljudi tako strastveno govore, tako žilavo, pače s uvredama protivnika brane vlastito mnijenje, crpljeno naravski iz jednog ili drugog stranačkog organa.

"Kako velike riječi srću iz njihovih usta! Govore o idealima, pravdaju se o istini i opravdanosti, a ne vide kako ništa ne mogu da shvate jer ih priječi njihov uzani krug. Oni se tješe tim deklamacijama, što li... jer ozbiljnih namjera u tom svemu nema. Možda se oni i zato hvataju tako dalekih ciljeva, jer vide sami da za sebe i za svoj najbliži okoliš ne mogu postići ni najmanjih, najlakših tečevina."

Politika i nastojanje da se što više večeri utuče u veselom društvu koje nije ni trebalo baš da bude veselo nego je dosta da su ljudi zajedno — to se Andrijaševiću činilo da tvori jedini odmor, jedinu zabavu za većinu ljudi oko njega. A pilo se zbilja toliko da je Andrijašević po svom računu vidio kako svaki dan napreduje. Kad bi umoran od društva kasno u noć dolazio kući, bivalo mu je ipak lakše; drugi dan dalo se bar spavati dokasna, pa nije bilo toliko slobodnih časova za dosadu i borbu s vlastitim mislima.

Na taj način uspije mu da se bar nekako umiri i da svoj način života udesi snošljivije. Bilo je dana kad ga je hvatao očaj i odvratnost — nije mogao da vidi ikoga oko sebe, mrzio je sve ljude. Događalo se da bi ga glava zaboljela od neprestanog pušenja dok bi ležao na divanu i uzalud tražio mira. Ali iza takvih časova opet bi ga ovladala tupost; — i nije mu se iza pet — šest tjedana činilo ništa neobično da probavlja čitave noći kartajući za neznatan novac, slušajući poznate i stoput čuvene šale i opijajući se.

Poznanstva u gostioni prinudiše ga da se druži s gotovo svim ljudima "boljega društva" u gradu. Naučio se, poput svega domaćega svijeta, da šeće u izvjesno vrijeme dana po obali ili na šetalištu. Osobito se često na tim šetnjama sastajao sa gospođicom Darinkom. Ova mu je doduše rekla da ne vjeruje u njegovu bolest od onomadne i srdila se na nj što nije došao na izlet, ali je očito uživala u društvu inteligentnog čovjeka i rado tražila to društvo. Đuri je također bivalo čisto lakše kad bi proboravio koju uru u razgovoru s njom i s njenom majkom, udovom negdašnjeg štopskog liječnika. Darinkina veselost djelovala je na nj jednako kao negda Tošina svježost i volja za život, pa se i sam osjećao spokojniji kad bi mu ona, malo brbljava, pričala bilo što, uvijek sa jednakim zadovoljstvom.

U drugoj polovici mjeseca augusta izjavi Darinka da će doktoru (uvijek je tako zvala Đuru) predstaviti sutra jednu "krasnu djevojčicu". Ta krasna djevojčica bila je dijete ravnatelja tvornice duhana u gradu, zbilja lijepo djevojče, tek izišlo iz internata. Darinka ju je hvalila kao vrlo umnu gospođicu i na koncu rekla Đuri, prijeteći šaljivo:

— Samo mi se nemojte zaljubiti u nju!

— Ja? Ne znate tko sam, gospođice — rekne Andrijašević; i bude mu neugodno što je tako ozbiljno, gotovo s uzdahom, odgovorio na Darinkine riječi. Uspomena na Veru ubola ga ravno u srce — i nije mogao da sakrije malu smetnju.

Bezbrižna Darinka nije toga opazila i sutradan je sasvim ceremoniozno prikazala Andrijaševiću "svoje gojenče", gospođicu Minku. Đuri se najnovija znanica pričinila ni boljom ni gorom od svih ljepušnih djevojaka u toj dobi. Znala je malo afektirati, malo biti sentimentalna; bila je kao i Darinka uvijek dobre volje i jedino njoj možda u cijelom gradu nije smetala vrućina, jer je bila vesela da može pol dana proboraviti u vodi.

Andrijašević se priučio i na nju; šetali bi utroje ("Ja sam za Minku gardedame", znala bi se smijati Darinka), dva puta povezoše se lađicom. Društvo obiju djevojaka nije se Andrijaševića ništa dublje doimalo; no kao što bi odahnuo kad bi se našao tko u gostioni s kim je mogao prosjediti večer, tako mu je i druženje s ova dva vesela stvora ispunilo koju uru — i to mu je bilo dosta.

Pokoji put došlo mu je pače na um da možda i ne bi bio tako strašno osjećao težinu malogradskog života kad bi se bio prije upoznao sa više ljudi, osobito kad bi se bio priučio prije na ovakve šetnje i brbljanja sa Darinkom i sa Minkom ili bilo s kim drugim. Dao je jednom Darinki pravo kad je ova tvrdila da se u malom gradu mora živjeti "po jestveniku".

— To vam je tako: Wiener Mode donosi svaki tjedan program, što se ima koji dan kuhati. Tako moramo i mi uvijek za dva — tri dana unaprijed znati čim ćemo se zabaviti. Inače bi, osobito ljeti, bilo nemoguće ispuniti dan. Pa vidite: sad su šetnje, onda će doći večernje, zimi opet kakva plesna vježba — i uvijek se nađe nešto.

I Darinka odmah na taj razgovor nadoveže da se sveučilišni đaci što su sad kod kuće na praznicima spremaju udesiti neku diletantsku predstavu.

— Sudjelovat ćemo i ja i Minka; je li da hoćeš, Minka? Hoćeš, hoćeš. A bilo bi baš lijepo kad biste i vi htjeli.

Čini se da su đaci zbilja Darinki povjerili tu misiju da pita Andrijaševića bi li se htio uhvatiti posla kao redatelj te diletantske družine.

Đuro isprva odbije sasvim; ali kad mu Darinka dokaže da će ona i Minka svaku večer morati na pokuse, pričini mu se da je pametnije ako pristane.

*

Tako zađe u đačko društvo. Rado pripravan da u svačem što mu se događa nalazi neki dobar ili zao znak, Andrijašević s ljubavlju, kojoj se i sam malo čudio, dade se uz ostale na posao oko priredbe đačke zabave. Mladići gledahu u njem poštovana pisca i čovjeka "od imena"; a njemu opet bilo je milo što ga slušaju. Uživao je u njihovoj vjeri u budućnost koja se nije izražavala ni u velikim riječima ni u dalekim osnovama; ali ju je Đuro mogao osjećati u svakom uskliku svojih mladih drugova. I zabave njihove bile su ljepše, makar se po đačku kratile noći; razgovor bijaše šareniji, puniji. Najviše je Andrijaševića udovoljavalo to što je bio središtem neke, makar i male, akcije; uvjerenje o vlastitoj vrijednosti i o poštovanju koje uživa tješilo ga i prekrivalo faktičnu prazninu koju je u duši osjećao. Dogodi se pače da se je znao i sam načas sasvim pomladiti uz te nove ljude koji regbi nisu imali ništa zajedničko sa dosadašnjim poznanicima Andrijaševićevim. Diletanti prirediše sebi za zabavu večeru kojoj su prisustvovale i sudjelujuće gospođice. Večera prođe prekrasno; Đuri se učini da bi se i čitav život, služba i brige ipak još dale podnijeti kad ne bi bilo nevolje s Verom...

Kod iste te večere bile su i gardedame prisutnih gospođica. Tako se Đuro upozna sa majkom Minkinom i bude pozvan k njima u goste.

Kuća direktorova spadala je među gradsku elitu. Andrijaševića iznenadi luksus koji nije dosada kod drugoga nigdje mogao da nađe. Primiše ga najljubaznije — tako da mu je gotovo bilo teško pogoditi pravi ton u općenju. Ali Darinka izgladi sve svojim smijehom — i poslije podne prođe brzo, pače prebrzo. Minka je udarila u glasovir — i Đuro se dao skloniti da zajedno sviraju. Ali već iza prvih takata Minka nije htjela dalje, veleći da ju je stid što ona — "takav pacer" svira s njim "virtuozom".

Đuro je napokon morao sâm da svira. Prsti su ga isprva malo teško slušali — ali doskora sasvim svlada nesigurnost rođenu u dugom nevježbanju i udari snažno svoga omiljelog Griega.

Slijedile su pohvale, pljesak, i — opet Darinkini prikori što se takav "krasni čovjek" kao što je on zapušta i ne pomaže ništa da se u gradu razvije društvenost.

Same piprave za zabavu zapremiše čitav tjedan dana iza toga. Andrijašević oživi: žurba i spremanje učini da je navečer bivao umoran i spavao dobro; drugi dan osjećao se svježiji i mirniji.

No zabava sama prođe sasvim neočekivano. Neposredno prije večeri kad se imao davati dugo spremani komad, iziđe u zagrebačkim dnevnicima poziv jedne đačke grupe na kolege da se upišu u zadrugu koja će "popularizovati kulturu". Među knjigama što su se imale izdati bile su na prvom mjestu navedene dvije — tri popularne brošurice njemačkih Freidenkera. Pod pozivom bijahu potpisi, među ovima i imena priređivača zabave.

Iz toga rodi se čitava bura. U novinama protivne stranke iziđe čitavo prokletstvo na te "mlade i nezrele ljude koji hoće da potkapaju temelje sve naše prošlosti, sadašnjosti i budućnosti". U drugom broju nađe se već netko iz Senja da posebice osvijetli potpise domaćih đaka, spočitavajući ovima izdajstvo, nemar za glavna pitanja politike, pače podmuklost, jer "dok tamo potpisuju ovakve izdajničke pozive kojima se hoće pod krinkom slobodoumlja u narodu otvoriti put za razorni rad slobodnih zidara i svih ostalih neprijatelja naše mukotrpne domovine" — ovdje u Senju, priređuju zabave u korist đačkog potpornog društva i ne žacaju se pozivati svećenstvo i ostalo općinstvo koje nikako nije voljno da posluži za reklamu "crvendaćima i žutokljuncima koji ne znaju što rade". A na koncu dopisa bilo je nekoliko jasnih aluzija na Đuru: "jedan od ljudi kojemu bi imalo biti na srcu odgajanje mladeži" — "čovjek koji u cijelom svom životu pokazuje da ga ništa ne veže s interesima grada i domovine gdje živi" — "tobožnji književnik" — "neka navodno velegradska oholica koja misli da se smije igrati osjećajima svojih sugrađana."

U tom tonu išlo i dalje. Dopis uzbudi u gradu cijelu revoluciju: nastanu dogovori, šaputanja, Andrijašević primi dvije — tri sažalnice, nekoliko savjeta i pitanja: "što će on na to". Jedan dio građana vrati pozive za zabavu — i za tri dana bile su gotove i sasvim uređene dvije stranke — jedna za, druga proti.

Andrijaševiću se gnušalo.

"Što sam im ja, Bože moj, kriv? I uopće, što onaj poziv ima posla sa mnom i tom bezazlenom predstavom?"

"Ne, ne puste me naprijed. Samo malo hoćeš da se razbadriš, da oživiš — ne daju ti. Šuti i stišti zube, grizi se i lipši".

"Dakle ni to ne smijem! Kao da je meni uostalom stalo za sve to; da nije bilo Darinke, ne bih nikada došao na misao da se upustim u đačko društvo".

Htio je da baci sve na stran, da reče svima kako je sve to bedasto i besmisleno i da se opet povuče u svoj kut. Ali nije se više dalo. Strasti se razmahale; Andrijaševića stadoše oblijetati ljudi s kojima prije nikad nije općio i nagovarati ga "neka ne popusti". "Treba pokazati da mi ne moramo slušati svačiju komandu". Đaci, priređivači zabave, bijahu najratoborniji — i sva mrzovolja Đurina nije pomagala.

— Baš sad moramo da izvedemo svoj naum; zabava će biti i uspjet će; a "oni" neka se onda ljute!

Na zabavu dođe veoma malo ljudi uza svu agitaciju, tako da nije moglo ni biti plesa iza ponoći. Oni što su još ostali skupiše se u gostioni — i tu se zametnula gotova skupština sa govorima.

Andrijašević je plaho i nezadovoljno sjedio uz Darinku i Minku, uzalud nastojeći da se razvedri. Kad su mu nazdravili kao "jednomu od najnaprednijih naših književnika koji ni u ovakvoj prilici nije htio zatajiti svoje uvjerenje", gotovo ga napane smijeh.

"U malom svijetu sve dobiva značenje velike stvari. Ovi bi mene, mene još proglasili nekakvim političkim agitatorom!"

Drugi dan probudio se sa glavoboljom i gorčinom u duši. Iz postelje izvukao ga Gračar koji se baš bio vratio s ferija i u Zagrebu doznao da je dopis proti njemu napisao Žuvić.

— Meni je, da ti pravo kažem, svejedno; ja u to sve ulazim kao Pilat u Credo.

— Ti nisi smio šutjeti. Možeš se i smijati kao što se i ja smijem: ali nisi im trebao dati te zadovoljštine da se hvale kako se nisi ufao poslati ispravka.

— A što da ispravljam, čovječe! Zar da se borim kao Don Kihot proti vjetrenjačama?

— Bile to vjetrenjače ili ne, oni će iz toga izbiti kapital. Vidjet ćeš kako će samo lagati direktoru Maričić, koji je mjesto njega vodio poslove preko ferija. Maričić je također sigurno kumovao onom dopisu, pa će te opisati kao crnoga vraga. Uostalom, ustaj — idemo na pivo; ja sam se ovo dva dana u Zagrebu naučio piti pivo pred podne.

*

Afera sa đačkom zabavom Andrijaševića je isprva boljela i srdila. Kasnije, sjećajući se nagovora pojedinih ljudi da ne popusti, đačkih nazdravica one večeri, svađa između dvije stranke što su se stvorile u gradu — sve mu se pričini tragikomično. Pojedine ljude što su imali posla sa zabavom i borbom proti zabavi, stao je pomalo viđati u smiješnom svjetlu — i na kraj kraja odluči, da se svemu tome izruga. Kupi papira (oduvijek znao je da ne može pisati na običnom papiru i na školskim tekama na kojima je prije obično zapisivao svoje bilješke pri učenju, nego da treba za literarnu rabotu i posebno fini materijal) i napiše velikim slovima naslov Rat u Ždrenju, komedija. Osobe na pozornici redale se same od sebe; u fabuli trebao je da samo kopira događaj. Središte komedije bio je čovjek koji, ne znajući ni sam kako, postaje junak dana u malom gradu, središte borbe žaba i miševa.

Rad mu je začudo išao od ruke. Pročitavši prvi čin, samomu mu se svidi kako je oštro, sa navalom i porugom, ocrtao glavna lica. Bili su orisani i Žuvić i Maričić; simpatičnu stranu zastupala je osobito Darinka i onda glavni junak komedije.

Ali dalje posao nije išao lako. Andrijašević se, stežući čvor, zaplete i sam; i u trećem činu već mu je sasvim pofalilo ironije. Junak postajaše nevoljniji: komedija pretvori se u žalosnu sliku malograđanskoga života, koji junaka čini nervoznim, preozbiljnim i konačno ga dovodi u takve neprilike da se nije dao naći harmoničan završetak.

Kao uvijek, radio je na tom nekoliko dana, sav zaposlen i bez misli na išto drugo; arci se gomilahu bez oduška; iza noći, probavljenih u radu (po danu nikad mu se nije dalo pisati), ujutro ga boljela glava.

U trećem činu kulminacija je komedije u tom da se stvori stranka kojoj na čelo stave Bratanića, samo glavno lice. Ali na sastanku gdje ima da se ustanovi novo društvo "za preporod grada Ždrenja", Bratanić svojim sumišljenicima i prijateljima otkrije kako je smiješna njihova borba; i skupština se raspane usred buke i zviždanja sumišljenika koji se maknu sa pozornice i ostave Bratanića nasamu s jednim prijateljem. Slijedi razgovor o malogradskom životu; u tom se komedija sasvim odaljuje od prvašnjeg svoga toka: Bratanić i njegov prijatelj tuže se jedan drugomu, kritiziraju i psuju, ali ne više sa smijehom nego gotovo u suzama.

Kad je dovršio taj čin, Đuro je pročitao nadušak sav svoj dosadašnji rad. Što je dalje čitao, mračilo mu se više čelo — i na kraju bio je potpuno neveseo.

"Ta to sam ja, ja sâm! Zato se i šala pretvorila u zbilju; a borba žaba i miševa prometnula u borbu jastreba oko mojih grudiju! To su moje misli i moja bijeda — ah, još je žalosnije kad je ovako vidim napisanu i prikazanu u živim licima."

Dalje nije mogao da piše. Znao je da nema snage završiti; konac morao bi biti nemio, morao bi značiti propast junakovu. A nekako se bojao da u mislima napiše to proroštvo za sebe — i tako Rat u Ždrenju ostane u ladici nedovršen, a smijeh nad malograđanima prometne se zbilja u rezignaciju i lijeno vegetiranje.

*

U takvu raspoloženju nađe ga Tošin odgovor. Nije mogao da mirno pročita retke, skakao od izreke do izreke, da u jedan hip sazna čitav sadržaj.

"Ništa — ništa. Toša je nije vidio, nije joj mogao reći ništa." Vlastito pismo, priloženo u Tošinoj kuverti, gledalo ga žalosno i kao zlobno.

"Bolesna je — sirota. Dakle jednaki bijednici! Ja ovdje skapavam i propadam — a ona je oboljela."

Smišljao je, kud su mogli otići. Prije znali su na praznike polaziti k rođacima u Gorski kotar.

"U Štajersku? Kuda? U kakvo selo, sigurno tako daleko gdje su sigurni da ja neću moći do Vere."

Otvori i svoje pismo i pročita dug opis svoje nevolje što ga je bio namijenio Veri. Očaj virio je iz svakog retka — očaj i nikakva nada. Čitao je posljednje izreke... "Samo ti, samo me ti ne ostavi! Sve još može dobro biti: ja ću trpjeti, lomiti se u svojoj duši — ali moram znati da me ti voliš, da si ti moja. Nikoga više nemam, mati mi se otuđila, otišla sasvim u svijet meni nepoznat, brata nemam, prijatelja ne poznam, da izgubim tebe, morao bih svršiti.

Ali ti nećeš, je li? Ne, Vera, nemoj — ah, pa što te i molim za to. Ja i iz tvoje brzojavke vidim da si moja i ostat ćeš moja. Strpi se, dijete, pregori — i meni je strašno pregarati... Ali ovako neće moći trajati uvijek — bilo bi odviše užasno. Mi nismo nikome tako strašno skrivili da budemo kažnjeni bez milosrđa. Ufaj se — i čekaj me!"...

— — "Da, onda sam tako pisao — Bože moj, što sve ne vrijedi riječ. Riječ omamljuje, čini da slažeš sam sebi. Kako da se i svrši to čekanje? Sa životom jednoga Gračara, — sa sramotom nikad neisplaćenih dugova — ?..."

Prvi put dođe mu u svijest misao o smrti. Učini mu se nešto ne odviše strašno kad bi Vera bila umrla. Pomisli nju na odru, blijedu, posvećenu usred voštanica. I svoju tugu za njom osjećao je u mašti kao da je zbilja umrla. Tuga ta nije bila očajna: tiho, spokojno gledao je u crnu koprenu koja je pokrivala njen obraz, nedotaknut od ičijeg tuđeg dodira... "ja ću za tobom, skoro, dijete moje..."

Sasvim drugačije promatrao je svoj umišljeni budući život iza te umišljene njene smrti. On će se smiriti — i čekati samo čas da se u beskrajnom miru posmrtne tmine nađe s njom. Nisu mu u taj čas smetala ničija uvjerenja da život duše prestaje u isti mah sa životom organizma: mistična, gotovo religiozna radost obuzela ga od te pomisli kako i on ostao iza nje, u jednakoj, ali ne grizućoj boli...

S tom slikom pred očima nađe se na cesti ispod Nehaj — grada. Bila je upravo nedjelja — i grad je mirovao, bez buke kola, u luci nije se kretala nikakva lađa. Očito se spremala bura; Vratnik se zavio u tmastu kapu, a čitavo ostalo nebo bilo je prekrito ne oblakom nego sasvim jednobojnim, surim plaštem. More se širilo, mirno, na granici s otocima beskonačno se gubeći u gotovo istu olovnu boju tvrdog tla.

... Tu je mir... I ribe ne govore — more šuti i zakapa sve. Što spava vječni san pod njegovom površinom? Koliko ljudi, koliko stvari leži tu pokopano, bez straha da će ikad izići na površinu, na život! I smrt mora da je jednako tako tiha...".

Duboko negdje, nečujno, u najzadnjem zakutku duše javila mu se pomisao na to kako bi lijepo, ugodno bilo počivati pod tim pokrovom široke, ničim neuzbibane površine.

VIII.

Pusta zgrada gimnazije oživjela opet. Djeca se skupljala na prvi pohod u crkvu da zazovu Božju pomoć za novo školsko ljeto. U zbornici govorilo se živahno; kolege sastadoše se poslije praznika; upisivanje novih đaka, razdioba vremena i ispiti dadoše dosta povoda žurbi, raspravama, pisanju i trčanju po hodnicima.

Andrijašević je pospan, umoran od probdjevene noći, sjedio uz svoju ladicu u zbornici i upisivao đačka imena u nove kataloge. Rajčić, sjedeći njemu nasuprot, ponavlja glasno svako ime i primjećuje svoje opaske. Đuro se pričinjao da je zaposlen i zadubljen u svoj posao; Maričića koji je jučer ravnatelju predao poslove i izvijestio ovoga o događajima kroz praznike, nije Đuro htio da pogleda; na pozdrav Žuvićev odgovorio je okrenuvši glavu. Osjećalo se da je u sobi sakupljeno više ljudi od kojih se neki ne vide rado; svi su zato govorili prebučno, vrzli se amo — tamo i nastojali prekriti te opreke.

Uđe ravnatelj i pozdravi sve ljubazno, kao uvijek, sa "dragi kolega". Gračara pohvali da je udebljao, Žuviću izjavi svoju čestitku prigodom promaknuća, Rajčiću donese glas da su kod visoke vlade bili zadovoljni njegovom posljednjom preradom. Ustavi se i kod Andrijaševića zapita ga kako je sproveo praznike.

— Hvala, tako, kako se već dalo.

— Znam, znam — vi imate sigurno dosta posla s ispitom. A i zabavljali ste se, kako čujem, priređivali pače i za druge zabave...

Đuri se prividi da je ta izreka imala biti početak nekog dužeg razgovora, pa ne odgovori ništa.

Upravo uto uđe Lukačevski, u novom odijelu, svjež i veseo. Protiv svoga običaja pozdravi sve dosta živahno, izmijeni par riječi s ravnateljem i obrati se odmah k Đuri.

— Bio sam vani, dragi moj, — ah, sasvim sam se osvježio.

I odmah stane pričati doživljaje s putovanja koje nije išlo dalje od Graza i Beča, ali se vidjelo da za Lukačevskoga vrijedi gotovo kao put oko svijeta.

— A vi?

— Jednako, dosadno.

— Gle, gle — a meni su pripovijedali da ste postali pravi junak dana ovdje. Čuo sam i za vaše posjete kod direktora fabrike; lijepo, lijepo.

"Što on hoće time da kaže?" — pomisli Đuro.

Zvono zazvoni; valjalo se spremiti u crkvu.

Andrijašević se mahinalno postavi uz svoj lanjski razred, ne misleći na to da još nije uređeno tko ima biti razrednikom u pojedinom razredu za ovu godinu.

Lukačevski odmah dođe do njega i pridruži mu se na putu u crkvu.

— Vi stojite uz vaše lanjske đake; ne mislim da će vam ih ove godine dati.

— Meni je svejedno.

— Neće vam dati ni drugih, kako mi se čini. Zamjerili ste se.

— Ja? Komu?

— Svima. Znate da su se ozbiljno spremali k biskupu da protiv vas nešto poduzme kod vlade. Niste bili oprezni. Ona historija sa zabavom bila je sasvim suvišna.

— Bedasto mi je o tome i govoriti; ja s tom cijelom stvarju nisam imao nikakva posla.

— Ma kako to? Maričić je pripovijedao direktoru da ste bili vođa đaka, pače su vam i nazdravljali.

— Bilo je ovako: mene je gospođica Darinka molila da se primim upravljanja diletantske predstave i...

Đuro ukratko ispriča stvar.

— Gospođica Darinka nije vam učinila nikakvu uslugu. Uopće — ona se preslobodno vlada za ove ljude. U našim prilikama valja jako paziti na sebe.

— Ja ne vidim da ima kakav savez između vladanja gospođice Darinke i tih Maričićevih ogovaranja.

— Svejedno, čuvajte se nje!

— Ajte, molim vas (Andrijašević se nasmije); ako niste drugo donijeli sa svoga puta, to mi ne trebate pričati.

Lukačevskoga nije trebalo pozivati na to da pripovijeda što o svom boravku kroz praznike; on odmah stane istresavati sto dojmova i doživljaja. Đuri je njegovo pripovijedanje dosađivalo; bio je mamuran, pa ga je smetalo veselo raspoloženje Lukačevskoga, njegove oštre opaske, a osobito zadovoljstvo koje je virilo iz svake riječi.

"Pripovijeda kao da ja nisam nikad bio dalje od Rijeke. Je li to nadutost ili želja da me ljuti?"

Nije bilo ni jedno ni drugo; Lukačevski je naprosto osjećao veselje da može pripovijedati o pravom gradskom životu. Ali Đuru su nehotice bole njegove riječi, — bio je upravo sretan što su brzo došli do crkve.

Mladež se svrstala u redove, mlađi se stojećke poredaše u razrede, stariji sjedoše. Za profesore ostajahu otraga dvije prazne klupe; no Đuro opazi da će morati sjesti uz Žuvića (ostali bijahu se već namjestili), pa se zato prisloni uza stijenu, odmaknuvši se od kolega u tamniji kut.

U starodrevnu, negda fratarsku crkvu nije prodiralo mnogo svjetla. Tišina i zgusnut, ohladan zrak stvarahu drugi svijet, nimalo nalik na krasan dan vani. Zazvone zvonca, orgulje zabruje i služba počne. Dječji glasovi slože se u zbor, nesavršen i malo neskladan, no jednoglasnošću potpuno pristajući uz nenakićene stupove, uz izlizane ploče grobova senjskih plemića i biskupa, uz šapat pobožnih žena i polusvjetlo visokog, praznog prostora.

U zadnje doba više put je Andrijaševiću došla misao na utjehu vjere. Kao umjetnik i duša finih osjećaja uživao je u mističnosti službe, u ceremonioznosti svećeničkih kretnja, u strogosti crkvene glazbe. Ali nikad nije mogao da shvati savez između vjere i života; naučenjačko uvjerenje govorilo je protiv svake etične strane, a opet nije priznavao da zbilja može religija podati mir duši. Za običnog čovjeka, sa grubim i jednostavnim osjećajima — tako je umovao — može biti vjera i mnogo i sve; ali ja, filozof, što da ja tražim od boštva koje ne može iskrenuti toka događaja, jer su unaprijed određeni, što da obećam kad se moja volja podvrgava zakonima izvan mene za koje ni sam ne znam?

Nije bilo u njega ni truna agresivnosti, ni iskre volje da se opire vjerskim čuvstvima ili da ih komu otima. Nije zbilja držao ničim osobitim to što su se neki ljudi iz istoga malogradskoga društva sami sebi sviđali kao "slobodni mislioci" makar nisu imali ni o čem nikakvih misli. Ipak — svijet crkve bio mu je stran; pa tako i sad, prateći tok službe, zanimao se za svaku sitnicu, vidio nešto lijepo i veličajno u svetoj nekrvnoj žrtvi koja se svaki dan obnavlja — no ruke njegove nisu se sklapale na molitvu, srcu nije govorio svećenik.

Na čudo, i na malo nezadovoljstvo djece koja su očekivala samo "malu misu", pokaže se da će gimnazijski vjeroučitelj ovog puta protiv običaja govoriti propovijed. To Đuro odavno nije mogao da podnese: govorena riječ, upute za život smetale su ga, baš kao da bi netko u prelijepoj pjesmi ispustio jednu kiticu i ispričao je prozom. No iz prvih riječi uvjerio se da će današnja propovijed biti nešto osobito, bez tradicionalnih savjeta o školi i o dječjim pogreškama. Učitelj vjere uzađe na propovjedaonicu i najprije se kanda ispriča što na današnji dan, koji je obično posvećen jedino sazivu Duha svetoga, propovijeda.

"Ali, učenici dragi, prilike su tako ozbiljne, da moram prekinuti stari običaj. Lav ričući obilazi oko vas... leo rugiens, kako kaže Sv. pismo, i vreba na vaše duše..."

U petoj ili šestoj izreci razabralo se kamo cilja propovjednik. Govorio je o tom kako je đavao upotrijebio upravo mlada srca da posije svoje prokleto sjeme, zaveo neke mladiće da služe njemu i da još drugoga u njegovu službu mame. "Mamit će i vas, učenici moji, i zato vas moram ja, vaš duhovni otac, upozoriti na pogibao koja vam prijeti".

Slijedila je pripovijest o proglasu zagrebačkih đaka, koji je bio netom izazvao nepriliku sa zabavom. Andrijašević stane pažljivo slušati. Učitelj vjere govorio je oprezno, općenito; ali ipak bilo je dosta izreka u kojima se Đuri činilo da opaža oštricu protiv sebe. Zabave nije spominjao propovjednik, ali je dva — tri puta doviknuo mladeži da je "na žalost i u naš starodrevni grad došla ta kuga sa zapada". Dva — tri kolege i nehotice se okrenu prema Andrijaševiću, on opazi i poglede nekih starijih đaka.

"I ti, moj Brute! S njim sam se bar uvijek dobro slagao, njemu bar nisam ništa nažao učinio. On me drži neprijateljem — i što ću! — ja ne mogu da se perem".

Začas slušao ga Đuro kao da se nimalo ne radi o njem.

"Morao bi biti oprezniji moj kolega. Đaci to sigurno razumiju. I predobro. Naš će odnošaj postati nemoguć."

Pogledi koji su na nj bili upravljeni s više strana (možda i nije tako bilo, ali on je sam sebi sugerirao da ga i od ostalih pobožnika neki promatraju), postadoše mu neugodni. Zavuče se još više u tminu, i kad je svećenik svršio, iziđe van.

*

Na šetalištu nađe Darinku i Minku. Ove odmah opaze da je uzrujan i zapitaju za razlog.

— Ah, opet jedna nova glupost. — Đuro im ispripovjedi događaj u crkvi.

— Baš su se na vas bacili. Dosadni ljudi! Mjesto da su veseli što ste u našem mjestu.

Na Darinkine riječi javi se i Minka. Andrijaševiću se činilo da je u Minkinim riječima i pogledu iskrena žalost radi ove posljednje neprilike.

— No, ne trebate da me tako žalite. Mene se to samo načas dojmilo. (Junak u Ždrenju — zazuji mu poruga u duši!)

— Znate što? — produži Darinka. Idemo baš šetati na obalu da vidimo kako će brbljati o tom.

Ali na to se Đuro nije dao skloniti. Jedino je obećao da će poslije podne k Minkinima na čaj.

— Mi ćemo se zabavljati za sebe, a oni neka govore što ih je volja! — reče Darinka s prkosom koji joj je izvrsno pristajao. — Uopće je najbolje ne pačati se ni u što. Dođite k nama — a za druge neka vas nije briga.

— Ja i sam vidim da na me ne djeluje dobro to društvo.

— Pa još ste lani bili s tim Lukačevskim — on je najgori od svih. Egoista, psuje sve — a kukavica, vidjet ćete da se neće za vas zauzeti kad bude trebalo.

— Gle, kako vi strogo o njem sudite. Milo za drago. Ni vi, čini se, niste njemu osobito simpatični.

— Što — da vam nije možda o meni što govorio?

— Ne, ne — odbije Đuro Darinkinu sumnju; — samo sam opazio da vas ne voli jako.

— Negda je već bilo drugačije — odvrati Darinka srdito. — Lukačevski me je prosio — zar vi to ne znate? Ja sam ga odbila; ne sviđaju mi se proračunani i samoživi ljudi.

"Ha — ha — ha!" nasmije se u sebi Andrijašević, i taj unutrašnji smijeh gotovo izbije na usne. "Moj hladni, suvereni Lukačevski! I kod njega sve umjetno — sve samo prikriveno, sve radi odbijene ljubavi. A meni je govorio čitave moralne propovijedi kako se profesori ne bi smjeli ženiti. Opareni mudrac! Komičan je i on!"

Novost o Lukačevskomu svidjela mu se. Kao da je sam za sebe našao neku ispriku i neko olakšanje u tom što je tako raskrinkao mir Lukačevskoga.

Poslije podne, kod Minkinih, razgovor se vrtio najviše oko propovijedi. Ravnatelj tvornice tješio je "gospodina doktora".

— Nemaju ozbiljnoga posla pa se zabavljaju tricama. Ne produciraju ništa. Da se bave kakvim radom iz kojega se zbilja nešto rodi — da makar od bilinskog lista smataju cigare koje se kasnije mogu prodati — vidjeli biste da im ne bi dolazila na um takva zanovijetanja.

Andrijaševića zadržaše i na večeri kod koje se gospođa direktorova iskazala tako, da se Đuro gotovo malo čudio zašto ga tako goste.

Poslije desete spremi se kući. Prolazeći mimo gostionice, opazi kroz prozor siluetu Lukačevskoga kraj stola; nije se mogao oteti da ne ode unutra.

"Taj će se nemilo začuditi kad mu ja danas otkrešem zašto toliko baja o svojim čvrstim principima. Neuspjela ženidba — eto ti cijele zagonetke!"

No uz Lukačevskoga sjedio je na veliko začuđenje Andrijaševićevo i ravnatelj gimnazije.

— O, vi danas, kako mi kaže gospodin kolega Lukačevski, kasnije amo. Mislili smo da vas i neće biti. A ja sam baš vas čekao.

— Gospodin ravnatelj govorio je sa mnom o današnjem događaju — razjasni Lukačevski.

— Dragi gospodine kolega, vi nećete zamjeriti ako i vama otmem čas vremena. Mislim da smijemo o tom govoriti pred kolegom Lukačevskim — započne ravnatelj sasvim ceremoniozno, snizivši glas.

— Molim.

— Ukratko, da prijeđem na samu stvar. Ne govorim, naravno, s vama kao pretpostavljeni — u tu svrhu sam i došao u ovaj lokal — nego vas sasvim kao kolega, kao prijatelj, pitam, što mislite poduzeti iza onoga... kako da rečem — incidenta danas u crkvi?

Đuri dobro dođe kelnerica koja se taj čas približila k stolu da pita, što želi.

— Čašu piva.

— Stvar nije tako laka, kako bi se možda mislilo, a osobito nije laka za me — ravnatelj stane lagano vaditi i otvarati škatuljicu voštanih šibica. — Hoćete li vi poduzeti kakve korake?

— Oprostite, ali ja ne shvaćam potpuno o čem govorite. Kakve korake trebao bih ili morao da poduzmem?

— Ja ne tajim — naglasujem — ja nimalo ne tajim da je sa strane vjeroučitelja učinjena pogreška. Moglo se mladež upozoriti na onaj poziv bez nekih aluzija. Da, ja to ne mislim poricati — i budite uvjereni, ja se neću žacati da na pozvanom za to mjestu učinim sve shodno kako se slični incidenti ne bi više opetovali. Meni je na srcu mir u zavodu, sporazum između kolega, sklad između mladeži i njenih nastavnika. Ja ni na koji način neću dopustiti da se taj sklad kvari, da se škodi — makar i ne iz zlih namjera — dobromu glasu koji zavod uživa. S te strane možete biti sasvim umireni. Ali sa vaše strane opet htio bih biti siguran da nećete učiniti ništa što bi moglo izazvati zapletaje.

— Gospodine ravnatelju, molim opet da mi oprostite, ali meni nije pravo jasno šta od mene hoćete.

— Ja neću ništa i ne tražim ništa od vas, dragi (riječi su iz ravnateljevih usta izlazile polako, kao da ih čita iz knjige u kojoj su štampane razmaknutim slovima), nego samo kao vaš kolega po zvanju i osim toga čovjek kojemu su jednako na srcu svi učitelji, molim da mi obećate da nećete bez mojega znanja učiniti nikakvih koraka.

— A kakvi bi to koraci mogli biti?

— Čuo sam danas da ćete tužiti stvar visokoj vladi.

— Ma to je ludo; ja danas nisam o tom ni s kim govorio; čitavo poslijepodne bio sam u gostima kod direktora fabrike.

Lukačevski se jedva vidljivo nasmije.

— Što je smiješno pri tom? — okrene se Andrijašević nervozno k njemu.

— Ništa, ništa — ja sam mislio na to kako ljudi odmah štogod iskombinuju...

— Nije potreba da skrećemo sa najvažnije točke. Ako niste govorili ni s kim, tim bolje. A ja vas kao prijatelj molim da ni ubuduće ne učinite ništa, prije nego što se sa mnom posavjetujete.

— To vam mogu obećati odmah. Meni je čitava stvar naprosto glupa. Niti sam imao posla sa đačkim pokretima, niti sam htio proti komu demonstrirati tim što sam upravljao onom zabavom. Ako su ljudi iz toga napravili aferu, bilo im prosto. Meni je to odviše smiješno a da se tim dalje bavim.

— Stvar je možda ipak nešto ozbiljnija; u građanstvu pojavilo se nezadovoljstvo — s vama. Mi ne smijemo da budemo elemenat koji razgrađuje; u ovom gradu ionako smo gosti, od danas do sutra.

("Uh, kad bi samo došlo to sutra!" — uzdahne Andrijašević u sebi.)

Ravnatelj stane i zapali cigaru.

— Kako sad stoji stvar, nema pogibli da se zamrsi kakav težak čvor koji kasnije ne bi bilo moguće rasplesti bez štete za sudionike. Ali moglo bi se dogoditi da se konflikt pojača — recimo — recimo (ravnatelj upre pogled ravno u Đuru) kakvim člankom ili dopisom u novinama...

— Nije u mojoj naravi da pišem anonimne dopise; a novine imadu pametnijeg posla nego da se bave tim tricama.

— To mi se sviđa, bravo, bravo. (Bra — avo, bra — avo, izgovarao je ravnatelj.) Dakle ja mogu biti siguran da će se s vaše strane ovaj incident svršiti na miru? Hvala, iskrena hvala. Riješili ste me velike brige; bit će velika vaša zasluga ako se dobar glas našeg zavoda ne bude mogao staviti u sumnju.

Andrijašević je s pravom nasladom pratio ravnateljeve riječi: "Baš ko da je na pozornici! Zbilja bi bila šteta da to ne bude opisano!"

Lukačevski se držao mirno i nije utjecao u razgovor. "Prezir ili strah?" mislio je Đuro. "Ako smijem vjerovati Darinki, Lukačevski se boji pokazati odviše da pristaje uza me"

"Smiješni su, strašno smiješni. To valja opisati, iznijeti, narugati im se od srca; i uza to pokazati svoje oružje".

Drugi dan sjedio je uza stol i pisao četvrti čin svoje komedije. Naslov Rat u Ždrenju učini mu se preslab; zato velikim slovima, baš voljko, na prvom arku napiše Revolucija u Ždrenju, komedija u četiri čina od Đure Andrijaševića.

*

Po gradu se tri dana nije ni o čem drugom govorilo nego o propovijedi. Andrijaševića su svi susretali nekako nenaravno; boravak u školi s kolegama postao je gotovo nemoguć, tako da je Đuro dolazio točno na svoje satove i odlazio odmah iz zgrade, ne govoreći ni s kim.

Ljutilo ga sve. I Rajčić, koji mu je sa komičnim patosom govorio o svom prijateljstvu i o tom kako će i on već jedanput "njima" pokazati (nije se dobro gledao s vjeroučiteljem); i trgovac Remoli, talijanskog podrijetla, koji je bio ljut na Maričića, "toga jezuita", pa zato se požurio da Andrijaševiću iskaže sažaljenje i ujedno preporuči svoga sina, poznatog nevaljalca u školi. Osobito pak dosađivao je Đuri umirovljeni učitelj Tramovac. Ovomu su lanjske godine dječaka istjerali iz konvikta i otada je strašno zamrzio na biskupa (koji, naravno, nije s tim imao ništa posla); morao je naime doći stanovati u Senj gdje se nije mogao toliko baviti lovom, jedinom stvarju koju je zbilja razumio. Tramovac je dva puta Đuru potražio u stanu, govorio o tom kako bi se trebalo organizirati da se "svi slobodniji elementi, svi ljudi koji znadu da živimo u 20. vijeku" slože na obranu protiv "popovske tiranije kojoj smo jedva mi učitelji oteli školu, pak sad hoće da uništavaju učitelja i profesora." Andrijašević ga se jedva riješio; bio mu je odvratan radi otrcanih fraza, polovične naobrazbe i neke posebne oholosti kojom je govorio o svojem zvanju (makar je kao odgojitelj svoje dijete odgojio sasvim zlo).

U četvrtak nije bilo obuke. Đuro je primio poziv Minkinih roditelja i pošao k njima. Dan je bio prekrasan, pa su mu htjeli pokazati amerikansku igru sa kuglama što ih je trebalo vući po tlu kroz željezne obruče, smještene na travniku direktorova vrta. Usred te zabave naiđe gimnazijalni podvornik i donese mu kartu od ravnatelja neka — ako ikako može — odmah dođe k njemu.

— To je odviše da me odavle zovu — pomisli i htjede da odbije. Ali ostali pogodiše da ravnatelj hoće s njim govoriti o nečem važnom i stadoše zahtijevati da ode; neće trajati dugo, a blizu je, pa će ga lako čekati koji čas.

Ravnatelj je šetao po svojoj sobi velikim koracima i baš bio leđima okrenut k vratima kad je Đuro ušao.

— Dobro da ste se odmah odazvali. Vrlo je važno što vam imam saopćiti.

Vidjelo se, ravnatelj je uzrujan. Zaboravio je pače svoje obične poze i nije se sjetio Đuri ponuditi da sjedne.

Pošao je ravno do svoga stola i uzeo u ruke novine Nova misao što su ležale na stolu.

— Kad sam u nedjelju navečer govorio s vama, držao sam da govorimo kao ozbiljni ljudi koji znaju što kažu i što obećaju. Đuru je taj oštri ton pogodio u živce. Srdio se što su ga zvali usred jednog mirnog popodneva, a sad još mu tako govori!

— Molim lijepo da izvolite pustiti na stran ovakve moralne opaske. Ja znam što sam govorio onda i znam što radim sada i uvijek.

— Vama se čini da je moj način govora odviše jasan, je li? Čudim se da vas to iznenađuje. Poslije ovoga — ravnatelj pruži mu pod nos Novu misao — mislim da nemate prava da mi zamjerite moju strogost.

— Poslije česa? Što?

— Kako — poslije česa? Što se pričinjate?

Đuro uzme mehanično novine i na prvoj strani opazi crvenom tintom sav išaran članak. Najnoviji skandal u crkvi. Pročita par izreka i shvati da se opisuje propovijed i napada na vjeroučitelja, na reakcionarce, ultramontance, grobare slobode itd. — u poznatom tonu.

— Tko je to pisao, molim vas?

— Ne znam.

— Ja neću pogriješiti ako pomislim da ste pisali vi ili bar netko tko je vama blizu.

— Izvolite, molim vas, govoriti tiše. Ja to nisam pisao — i ne znam tko je pisao. (Đuro se sav zacrveni i osjeti da mu krv navaljuje u glavu). Meni je svih tih ludorija dosta. Zovete me amo da mi pripovijedate o tom dopisu za koji nisam ni znao niti mi je stalo do njega.

— Ja sam vas zvao kao vaš pretpostavljeni... (ravnatelj saspe čitavu tuču službenih naputaka o svojim dužnostima).

— To je sve lijepo; samo ja vam ponavljam da nemam ništa posla s anonimnim dopisima i uopće ne znam čemu da dalje o tom govorim. Imam drugoga posla. Moj naklon!

Ravnatelj ostane s otvorenim ustima. Nije znao da li bi Đuru zvao natrag ili bi se stavio u pozu uvrijeđenoga i poletio za njim. Vidio je dobro da Andrijašević zbilja nije znao ništa o dopisu dok mu ga on nije pokazao; i to ga je gotovo ljutilo.

— Govori istinu, inače se nikako ne bi usudio ovako otići od mene i ne htjeti slušati svog šefa!

Gimnazijski sluga dobio je isto poslijepodne tri ukora.

*

Dan je bio pokvaren. Đuro se vratio k Minkinima, ali prijašnje dobre volje nije bilo. Nervozan i nemiran, htio je na svu silu da se svlada — i od toga je osjećao gotovo glavobolju.

Darinka i ostali pogodiše da se nešto dogodilo, ali se nisu ufali pitati. Zabava nije nikako išla od ruke; Đuro je napokon pod prvom izlikom nastojao da se odalji.

"Samo i drugima kvarim dobru volju! Kud god dođem, ljudi postaju nezadovoljni radi mene!"

Navečer, kad se spremao u gostionu, dođe k njemu Tramovac.

— Nisam htio doći po danu da nas ne opaze. Moramo raditi oprezno; neprijatelj je jak.

Iza beskrajnih fraza, pokupljenih po liberalnim dnevnicima, pokaže Đuri arak na kojem su se imali upisati članovi nove "liberalne čitaonice". Na arku nije bilo ničijeg imena.

— Zašto se niste sami potpisali?

— Ja... ja ne mogu prvi. Stvar je najviše nastala radi vas; vi ste profesor; direktor fabrike i trgovac Remoli vaši su prijatelji; tri tako ugledne osobe, te neka budu prve, onda ćemo doći mi drugi. A znate, ima svakakvih ljudi — dobro je biti oprezan; ja imam sina u gimnaziji. Kasnije, kad bude stvar javna, potpisat ću i ja.

— Nosite se kući...

— Što? Vi se ne ufate? Aha, valjda vas je ravnatelj što preplašio. Ne bojte se, ima nas nezadovoljnika mnogo. Sigurni smo za simpatije cijelog hrvatskog učiteljstva. A što ja nisam potpisao, ne mislite da ja ne doprinosim svoje: ja radim i više nego drugi. Reći ću vam (u sobi bila su samo njih dvojica; ali učitelj je ipak stao sasvim tiho šaptati) neka ostane među nama — jeste li čitali dopis u Novoj misli? A? Jesam li im dobro zapaprio?

— Idite od mene, molim vas. Neću da znam ni za što, dajte mi mira.

— Ali, molim vas, vi kao napredan čovjek...

— Idite od mene! Neću da znam za vas!... Svi su živci drhtali u Andrijaševiću; učini mu se da bi mogao dignuti štap na nametnika.

— No čujete, to nisam očekivao. Ja sam se zauzeo za vas u javnosti, a vi —

— Nosite se van! Odmah! Ovaj čas!

Đuro je digao štap i pokazao put prema vratima. Penzionirac problijedi i uzmakne.

"Ja sam lud, sasvim lud, što se s njim svađam!" zastidi se Andrijašević u isti čas; i sam prvi izađe iz sobe, pustivši učitelja da u strahu i neprilici sakuplja po podu odbijene arke.

IX.

Čitaj samo dalje.

— Ovaj bome još slabije piše. Čuj: "Novo djelo jednoga od poznatijih mlađih naših novelista koje se je jučer davalo na našoj pozornici odaje svoga pisca". Ne znam, bogami, što je ovaj mudrac htio time da kaže.

— Ne pravi opaske; čitaj, molim te, Jagane — reče Andrijašević nervozno.

— Dakle dobro... "odaje svoga pisca. Vidi se da je Revoluciju u Ždrenju napisao pripovjedač kojemu fali smisao za dramu." Puf, taj te je onako uđuture ošinuo... Ne ljuti se, odmah ću nastaviti. "Komedija ima vrlo malo radnje i zapletaja; a ukoliko ga ima, autor nije znao da ga rasplete".

— Tko je potpisan?

— Nitko, kao obično kod naših kritika. Ali ovaj čovo ima stil kao da ide još u nižu gimnaziju. "Osobito pak smeta što autorov jezik nije najčistiji, tako na primjer..."

— Prestani, ne treba dalje. Baci u kut. Uzmi drugo.

Jagan, najnoviji Đurin drug, kolega koji je nedavno premješten u Senj, uzdahne i dohvati drugi dnevnik. Po Đurinoj želji bio je pisao u Zagreb neka mu rođaci kupe sve novine dan iza premijere Andrijaševićeva komada; i baš je eto donio prijatelju kritike i čitao mu ih redom.

— Ovaj uopće nema ništa — aha, ovdje u kutu je par redaka. "Andrijaševićeva Revolucija u Ždrenju imala bi biti socijalna lakrdija po uzoru poznatog Nestroyeva komada Revolution im Krähwinkel.

— Čiji komad? — javi se Andrijašević sa postelje na kojoj je lijeno ležao i pušio.

— Nestroyev: Revolution im Krähwinkel kaže tvoj sudija.

— Ne poznam. Svejedno.

— "Ali Nestroy je znao svoju priču mnogo bolje obraditi; premda ima mnogo sličnosti u obje stvari, naš autor nije dostigao svoga bečkoga uzora".

— Budala! Ja nisam ni znao da postoji te Nestroyeva lakrdija.

— "Osobito je velika sličnost u epizodnim licima". No, to je prebedasto. Kad si mi čitao Revoluciju, ja sam odmah prepoznao ravnatelja i Maričića; a ovaj govori o sličnosti s nekom lakrdijom iz prošloga vijeka. Prestanimo, ja neću dalje da se gnjavim.

— Samo još, molim te, što kaže Preporod.

— A, tebe zanima što vele slobodoumni? Gdje je... eto. Dakle: "Hrvatsko kazalište. Revolucija u Ždrenju, komedija u četiri čina od Đure Andrijaševića. Da se je ova stvar davala prije Derenčinove poznate satire, mogla bi se nazvati vrlo dobrom". — Ma taj je najgluplji! Dakle ono što je lani bilo dobro, ove godine nije! Pusti ih do vraga, to je spiskao kakav nesuđeni dramatičar kojega je razljutio uspjeh. Klika ti je sve na svijetu, moj Đuka; a ti si daleko od Zagreba. Da si gore, jedni bi te psovali, drugi hvalili; ovako hoće svi da pokažu svoju mudrost provincijalcu.

Đuro ustane.

— Svakako, propalo pa propalo. A uprava mi jučer brzojavlja o nekom uspjehu.

— Ti si naivan. Kod nas sve drame jednako uspiju. Samo treba da je autor u kazalištu; đaci plješću iza svakog domaćeg noviteta. Autor treba da ostane u kutu svoje lože. Pljesak raste — i ako izađe, opet dobro: izazvat će ga više puta da ga vide. Konačni rezultat: dvije predstave pa makar ti napisao novoga Hamleta. Tebi neka bude dosta da si se ovako od srca izrugao svim ovim žabarima, pa šta te dalje briga.

No Đuro se nije lak umirio. Vidio je da se njegov komad nije publike onako dojmio kako bi sam bio htio. Prije nego ga je poslao u Zagreb, pročitao ga je više puta; ali svaki put bi mu se činilo da je drugačiji. Jedan dan držao je sve dobrim, drugi dan sve zlim. Jedna te ista scena pričinjala mu se sad živa i izvrsna, sad opet dosadna. Zapravo ga je i Jagan nagovorio da stvar iznese na pozornicu, najviše zato što se ovomu sviđala misao kako će se ljutiti neki ljudi kad budu razumjeli da su orisani u komadu.

Ali eto — Revolucija u Ždrenju nije bila pravo shvaćena. Đuro je osjećao, što je krivo. "Previše sam sâm bio blizu svoga sižea; moj junak sasvim se srastao sa mnom i ja ga više nisam mogao objektivno gledati. Zato je i izišao na koncu neki vitez s tužnim licem, premda sam ga ja htio učiniti takvim da se svima izruga. Nema govora: ja više ni pisati ne znam. Odbacimo i to; ionako nema smisla".

Svoje nezadovoljstvo saopćio je i Jaganu, no ovaj je brzo i za to našao svoju opasku.

— Svaka stvar na svijetu ima toliko smisla koliko ti služi za kakvo uživanje. Od tog literarnog rada dobio si honorar; i dosta! Zapit ćemo, i dalje nas nije briga!

Ali to Jaganovo stanovište nije moglo da Đuru umiri. U jednom dnevniku naišao je na kritiku koja mu se činila sasvim ispravna, ali baš zato teška i nemilosrdna. Sve što je sam osjećao čitajući po više puta svoje djelo: da nije jedinstveno, da se na kraj kraja pretvara u lirsku ispovijest piščevu, da je iz ironije postala bol — sve je to bilo dosta jasno natuknuto u ocjeni.

O neuspjehu uvjerio ga je jednako i drugi fakat: Revolucija u Ždrenju nije doživjela reprize. Nije bilo doduše ništa novo, ali Andrijaševića je ipak boljelo ne što nije uspio sam nego što mu djelo nije imalo dojma, što lica nisu bila tako markantna i snažna da prisile na slušanje.

Bilo mu je gotovo žao što je svoju komediju dao štampati. Izišla je poslije premijere; Đuri bivalo je nekako stidno oko srca kad je čitao ponositi naslov: napisao Đuro Andrijašević. A nije imao nikoga tko da ga malo utješi, da mu saopći nešto povoljno o tom uzaludnom književnom radu.

Lukačevski postao mu je u zadnje vrijeme sasvim odvratan. Otkad je Đuro došao u sukob s ravnateljem, opazio je da se Lukačevski više ne razgovara tako povjerljivo s njim o školi i o kolegama.

— Vi ste odviše vruće krvi — ne znate se svladavati, kazao mu je, i — čini se — pobojao se da ne bi vruća krv Đurina i njega zaplela u kakvu neugodnost. Istina, kritizovao je još uvijek ovu "malogradsku nevolju", psovao sve pojave u javnosti, bio nezadovoljan sa zvanjem i sa svojim položajem u društvu. No Andrijaševića je baš to općenito psovanje smetalo; kad bi Lukačevski govorio o "općoj našoj bijedi", pričinjalo se Đuri da cilja na njega samoga. Dogodilo se da su se dva puta i jače porječkali, pa se nekoliko dana klonili jedan drugoga; osobito bilo je Đuri nemilo čuti da je Lukačevski u većem društvu osuđivao njegov komad, "ne zato što nije dobar nego zato što to nije nikakav način da se komu osvetiš: iznijeti ga na daske".

Andrijašević se odaljivao od njega i rado upotrebljavao svaku priliku da ne mora u gostionu gdje su zajedno jeli.

Jedini stvor koji je bio zazbilja zadovoljan Đurinom komedijom, bila je Darinka. Ona se sva rastapala od milja kako je "naš doktor" (sad su ga Minka i ona već tako familijarno zvale) izvrsno ocrtao neke poznate tipove. No veseli časovi koje je Andrijašević proživljavao u njenom društvu (ona ga je pod svu silu htjela nagovoriti da se Revolucija u Ždrenju mora davati u Senju iste zime), nisu trajali dugo i nisu mogli Đuru oteti melankoliji koja ga je dvostruko mučila iza literarnog neuspjeha.

"Nemoćan, zaboravljen, propao za sve" — takve mu se riječi neprestano vraćale u pamet.

K tomu dođe da kroz dva tjedna nije mogao gotovo ni s kim da govori. Revolucija u Ždrenju izazove u gradu silno ogorčenje. I ozbiljni građani koji su stajali po strani i ne miješali se u zadjevice stranaka, nisu odobravali što se tuđi čovjek ufa tako ruglu izvrgavati mjesto u kojem živi. Nitko nije htio uvidjeti da je jedan ili drugi mali grad za Đuru bio irelevantan, da mu je tek slučajno dalo milieu sadašnje boravište u kojem služi. Sve je najviše smetao naslov; sličnost s imenom rođenog mjesta vrijeđala ih. Oni pak koji su se osjećali pogođeni, pače opisani u Đurinoj komediji, htjedoše da svakako vrate žao za sramotu. Neke dosjetke iz komedije postadoše općenito dobro; pače Maričića su i isti đaci zvali imenom iz komedije. Tim veća bijaše mržnja na pisca; osvećivahu mu se tako, da su propovijedali protiv njega pravi bojkot. Đuro je doskora opazio da ga neki ljudi ne pozdravljaju, drugi ga se klone; dobije par anonimnih pisama gdje se rugaju njemu i "njegovoj blamaži na pozornici". Stadoše uhađati za njim i pratiti svaki njegov korak; a u novinama učestaše dopisi o "profesorima koji lumpaju i pišu poruge na ovaj grad koji ih hrani" itd.

Tako konačno od cijelog društva koje je poznavao ne ostade nego Minkin krug (direktorovi nisu se ni čas prema njemu promijenili, pače ga sve familijarnije susretali) i dva nova znanca: Jagan i Milošević.

*

Milošević je tek kasnije došao u njihovo društvo kad se uvjerio da ne može drugdje naći ljudi uz koje bi se mogao priljubiti. Đuro i Jagan našli se prvi dan kad je ovaj posljednji bio stigao u Senj, premješten "kazne radi" usred školske godine, i odmah postali nerazdruživi prijatelji.

Đuro sam nije isprva pravo znao što ga je tako učas osvojilo za Jagana; no kasnije njihovi ukusi i nazori tako se sljubiše, da su postali gotovo intimni. Jaganu bilo je četiri godine više nego Đuri; po izgledu pričinjao se još stariji. Vanjština bila je u njega kao u kakvog starog novčara: bio je sav nabit, nizak, debeo; kratko podrezane vlasi i plav, oštar brk činili su crvenu, dosta ćelavu glavu karakterističnom. Bijele, vodene oči i podbuhli obrazi govorili su da se Jagan ne bavi puno ozbiljnim poslovima nego veći dio svoga vremena probavlja u krčmi.

Tu je i bilo njegovo carstvo. Po ulici vukao se tromo, pospano, gotovo plašljivo, kao da se stidi svoga dosta odrpanog odijela. Ali u krčmi — i to što je bila prostija, to jače — tek bi se vidjelo kakav je on svat. Tu je oživljavao, sipao šale i dosjetke. Bio je uman čovjek, možda i dublji nego što se na prvi pogled moglo zaključiti; svakako je imao uvijek punu pregršt duhovitih paradoksa i znao braniti svoje mišljenje oštrom, poraznom dijalektikom. Nego ta njegova dijalektika bila je sve što je znao i mogao; za školu se nije brinuo, novine je čitao tek kada ne bi imao novčića da se čim drugim zabavi. U razgovoru znalo bi se otkriti da Jagan izvrsno pozna ovog ili onog filozofa, ovu ili onu znanstvenu teoriju (pače i iz svoje znanosti, geografije, koju inače nije volio i najmanje o njoj govorio); no po zvuku riječi vidjelo se da je Jagan već više puta prije morao govoriti o toj stvari isto, da je već davno, davno usisao i razmislio to što sad kaže.

Sjedio je uvijek čelo stola i pazio da mu drugi ne uzme to mjesto. Ali to je bila valjda i jedina njegova pretenzija; inače bila je u njega duša meka i dobra; a da nije bio kruta pijanica i čovjek sasvim već navikao na neuredan život, mogao bi ga mirne duše proglasiti uzorom stvora koji nema potreba. Jeo je vrlo malo, i to najprostija jela, odijevao se i više nego siromašno. Za prijatelja dao bi sve — naravno uz uvjet da se taj slaže s njegovim običajima kod stola gdje nije trpio protuslovlja kad se radilo o nazdravicama. Svoga života i svojih protučenih noći nije se stidio niti ih je skrivao; pače je o svem tom imao posebnu teoriju koja mu je dopuštala da svakomu, pače i ravnatelju, otvoreno prizna da su ga "kazne radi" premjestili zato što je na nečijem krsnom imenu u Gospiću ostao dva dana kod stola.

— Zaboravio da imam školu — pa eto!

Andrijašević je sumnjao da je njegov prijatelj u dnu duše nesretan i očajan (jer drugačije se nije mogao razjasniti njegov nemar za sve što bi mu moglo koristiti ili škoditi); ali Jagan izvana nije svoga očaja pokazivao nego u slatkogorkoj šali, gdjekad vrlo ironičnoj ali nikad sentimentalnoj. Govorio je da je sentimentalan samo onda kad je potpuno pijan; ali budući da se nikad ne može da potpuno opije, nema prilike da bude sentimentalan.

Đuro ga zavoli. Zavoli njegovo otvoreno, dobro srce i to što je Jagan mrzio samo na jednu stvar na svijetu: na licemjerstvo i nadutost. Jagan mu je, odmah iza nekoliko dana, kazao da je Lukačevski zao čovjek.

— Nije još tako kao drugi.

— Gori je, vjeruj mi — govorio je Jagan mrveći kruh (tim se zabavljao uvijek). Vidiš: ravnatelj je glup i nadut, ali vjeruje da ga zvanje sili na to. No Lukačevski je nadut od kukavštine — zato što se boji otkriti kakav je.

Jagan uopće nije volio Poljakâ. Bio je silan patriota i silan Slaven, ali i jedno i drugo tumačio je po svome.

— Slaveni su, pobratime (običan njegov nagovor), Rusi; baćuška ti je Slaven. Dostojevski, Ljermontov, Puškin, Saltykov. Poljak je esteta i pozna samo međe Poljske. Baćuška je čudo čovječanstva. Onda dolazimo mi Hrvati i Srbi. I mi nismo sposobni za život, kao ni Rusi. Slaveni smo. Oni od Slavena što su pomiješani s Germanstvom, uspjet će. Čeh neće propasti. Nas će pojesti Kranjci, a Srbe Bugari. To se sve jasnije vidi. Prvi će pasti od nas oni Hrvati što su najčistija rasa. To su bosanski muhamedovci. Uza sav upliv vjere ti su ljudi čisti Slaveni. Zato će ih nestati.

Ovakve paradoksne i velike teorije razvijao bi Jagan o svakoj stvari. Dosta mu je nešto reći da počne razgovor. A svi razgovori svršavali su istim refrenom: mi smo određeni da propadamo, i to ne samo kao narod nego i svaki pojedinac za sebe.

— Eto, ja znam da propadam. Opijam se, nemam nikad ni novčića, poderan sam, dužan svakomu vragu. Ali proti tomu nema lijeka. Ako se hoćeš uzdržati i otrgnuti, moraš biti jak — i "ubiti babu", kako kaže Raskoljnikov. Ne trebaš baš ubijati, ali ipak moraš zatajiti svoju narav, svoj osjećaj, svoj ukus. Moraš ravnatelju govoriti da je pametan, kolegama lagati da su nosioci kulture, djeci bajati još gore. A to nije moj posao. Ja bih mogao za volju teorije predavati kakav predmet — recimo etiku ili historiju: ali odgajati djecu — kako ćeš odgajati drugoga kad sam sebe ne možeš da odgojiš ni da prisiliš na polovičnost i stegu? Ako pak to hoćeš, bit ćeš nesretan, dosadan sam sebi, prazan kao Lukačevski, bolestan kao Maričić i glup kao Žuvić. Najbolje je: pustiti se. Da vidimo što će biti.

... Ti veliš da ovo ne može dobro svršiti; ma to, pobratime, znam i ja. Još bi dobro bilo da nisu na vladu došli neki Švabe (pod riječju Švaba razumio je Jagan sve najgore) i izmislili pred godinu dana nov zakon. Ja sam bio suplent šest godina i služio, kako su me plaćali. Zadovoljan ja, zadovoljni oni. A sad hoće da se za dvije godine ima napraviti ispit. I ja sam potpisao revers; ama znam da ispita neću napraviti.

— Pa što ćeš onda?

— Do toga ima još sedam mjeseci. Pa da je i sutra, svejedno; ja sebi ne bih razbijao glave. Valja propasti — eto. A znaš što — pedeset forinti ćemo još uvijek negdje moći zaslužiti na mjesec. I nećemo od toga plaćati porez kao sad; odmah profitiraš krunu na mjesec; — možda me još uzmu za oficira, bio sam dobrovoljac.

— Ti — Jagane — oficir?

Čim je Jagan osjetio da se Đuro protivi njegovoj misli, zauzeo se za nju; braniti paradokse bila mu je jedina strast.

— Pa zašto ne? Hoćeš reći da ima puno Švaba u vojsci. Istina je. Ali opet ima ti kod tih ljudi tradicije, uzmi npr. njihove misli o dvoboju. Oni zbilja drže da čovjek ima neku ljudsku čast koja ovisi o inteligenciji i položaju u društvu. Židov ili naš ravnatelj nema te misli, oni poznaju samo probitak i hinjenje te časti.

— Dakle, živio laćman Jagan!

— Živio! Živio! — prihvati Jagan i odmah se rasrdi, što nema Miloševića da zapjevaju.

Glazba bila je jedina stvar za koju se zbilja zanimao. Nije znao ni jednoga instrumenta, ali je strastveno volio pjevanje i sanjao o koncertima i operama. To je Đuru i njega zbližilo sa trećim drugom, Miloševićem, koji je iza svršenog praškog konzervatorija došao u Senj za upravitelja gradske glazbe.

Milošević nije bio sasvim zdrav; vidjelo se da ga grize sušica. Kao svi umjetnici, bio je prilično tašt; silno ga je vrijeđalo što je morao — prisiljen bijedom — da primi takvo neznatno mjesto. Srdio se na glazbenike, na učenike, na crkvu gdje je morao orguljati — i jedva odahnuo navečer kad bi Đuro i Jagan došli k njemu.

Glazbeno društvo imalo je svoj stan (zajedno sa dvije sobe za kapelnika) u staroj, pustoj kući izvan gradskih zidina. Tu se Milošević uredio sasvim po đačku: za pravo posoblje nije imao novaca, pa se njegov stan pričinjao više kao spremište za stare instrumente, note i iznošena odijela negoli kao pravo obitavalište čovjeka.

Njih trojica smisle da je zimi najljepše zapaliti peć, kupiti bačvicu vina i zabavljati se pjevajući i svirajući. Milošević bio je izvrstan guslač, a Đuro pomalo sasvim stekao negdašnju vještinu u glasoviranju. Jagan bio je njihova jedina publika u tim "glazbenim večerima". Ali zato je bio oduševljeniji nego cijelo kazalište. Pilo se, naravski, neprestano — i jedan ili drugi znali bi gdjekad ostati kod Miloševića i spavati na klupi do drugoga dana.

"Glazbene večeri" postajale sve češće, a s njima i navika nikad ne dolaziti kući prije ponoći. Jagan bio je neiscrpiv u smišljanju novih razloga, zašto treba da se pije. I o tom imao je svoju posebnu teoriju.

— Kod nas ti ima dvije vrsti ljudi: jedno su ti ljudi ovećih gradova i Zagreba, drugo smo mi seljaci. U Zagrebu, kad hoće pričati kakvu anegdotu, u dvadeset od sto slučajeva počinju ovako: "Kad smo bili s onom pucom..." Mi pak seljaci svaku uspomenu počinjemo riječima: "Kad smo ono pili kod..."

Đuro se lako podao ovom životu. Bio je sretan što može prospavati danju sve vrijeme što je ostajalo od škole; a društvo Jaganovo i "teorije o propasti" učinile ga sasvim mirnim glede mnogih pitanja koja su ga prije smetala. Tako i na Veru više nije mislio mnogo; makar da sam sebi nije nikad toga riječima priznao, smatrao je svoju ljubav nečim dalekim, prošlim, od čega je ostala samo bolna uspomena.

Kad se u Zagrebu davala Revolucija u Ždrenju, načas se trgnuo iz svakodnevnog mamurluka i ponadao se kako će biti lijepo kad Vera bude čula za njegovu komediju, pače je možda i sama gledala. Nada u uspjeh vezala se s tom slutnjom da će Vera biti prisutna u kazalištu, veseliti se radi njega, znati da je živ, da je nije zaboravio.

Slab uspjeh komada djelovao je zato još poraznije. Ne radi literarne slave, upravo radi Vere bilo mu je strašno.

"Ona je vidjela moje djelo, čitala nepovoljne ocjene; ona zna da više ne mogu ništa stvarati, da sam gol i bos, nemoćan, propao".

A iz dubljine javljao se glas da je tako i bolje. "Što bih ja njoj mogao podati iza ove dvije godine gdje sam se već odvikao paziti na sebe, pače se i ne brinem da li mi je košulja čista... Samo pijemo... Jagan ima pravo: Treba propasti".

Knjige nije više ni uzimao u ruke. Misao da što radi, da se trgne iz mrtvila, dolazila mu je sve rjeđe; a kad bi i došla, zakopao bi je u novoj orgiji, opijajući se bijesno sa svoja dva nova druga.

*

Na Badnji dan, nešto prije ponoći, iziđe Andrijašević iz vrta direktorova i uputi se prema gradu. Noć bijaše začudo tiha, ali studena. Zvijezde se caklile jako i ošro; pod nogama škripao je snijeg koji je bura, što je sve do jučer duvala, na nekim mjestima bila navalila u čitave brežuljke.

Hladni mu zrak odmah udari u glavu. Dva dana prije Badnjaka bio je pričao Minki i Darinki o tom kako su žalostni veliki blagdani za ljude bez svoje kuće i obitelji. Jučer je dobio od direktorovih pismeni poziv da dođe Badnju noć provesti kod njih. Jagan i Milošević ljutili se radi toga, ali Andrijašević ipak pođe.

Kod direktorovih bilo je veselo i lijepo. Premda u kući nije bilo djece, spremili su pače i božično drvo. Direktoru za volju, koji se je na ovakve dane držao starih običaja, zapališe i svijeće i zapjevaše božićnu pjesmu. Dva nećaka direktorova i Minka upriješe složno; stariji — a među njima i Đuro — markirali su također pjevanje. Slijedili su darovi; direktor je za čitavu kuću, počevši od svoje žene do sluškinje, kupio svakomu po nešto. Radi nekih šaljivih darova (Đuro dobije kao "revolucionarac" crvenu zastavu i trublju) razvila se šala, osobito se veselio direktorov brat, veliki trgovac, koji je za blagdane došao u goste. Dođu na red uspomene o prvašnjim Badnjacima i priče o obiteljskim događajima. Svi bijahu dobre volje — ali Đuro nije osjećao veselja. Vidio je da je u tom društvu tuđ čovjek; oni su govorili o poznatim ljudima, o rođacima — zabava bijaše baš za tu obitelj a ne za njega, stranca i nepoznatoga. A uza to sjećao se i Vere i njena Badnjaka.

"Sigurno i ona sad misli na me... Bit će joj pusto i teško."

Direktor ga je na svu silu htio udobrovoljiti i nudio ga vinom.

Đuro se nije otimao; no što je više pio, više je osjećao osamljenost i gorčinu. Ne mogući izdržati dugo, rekne napokon da je obećao oko ponoći naći se s prijateljima, zahvali na gostoljublju i ode.

Vani je kod prvoga koraka osjetio da je odviše pio. U toplom zraku sobe nije mu to smetalo; no zimska noć sasvim ga smete. Znao je da jedva ravno hoda — a to ga je još jače ozlovoljilo.

"Samo sam išao smetati k njima. — Što oni znaju za moje tuge! Vesele se, imaju pravo. A ja sam kraj njihova veselja sjedio baš kao putnik koji ne zna kuda će ga sutra dovesti sudbina".

Na čitav grad slegao se snijeg i sipio još uvijek mirno i jednako. Tišina noći i veličajni prizor bjeline Andrijaševića ne zadivi nego uznemiri.

"Snijeg pada... Prije nego je stao padati, bučala su kola po cestama, čula se lupa koraka. A sada da dođe čitava vojska, ne bi se čulo kako stupa. Snijeg se spušta na sve, smiruje sve i čini jednako bijelim... Tako sam i ja polako propadao... Zatrpava me... i zatrpat će skoro..."

I opet mu je Vera dolazila pred oči — mila, stroga u svojoj umnosti i svojoj finoći.

"Da mi je bar naći Jagana i Miloševića. Ponoć... Bit će kod kuće".

No kuća bijaše pusta i tamna.

"Otišli su na polnoćku, sigurno."

Đuro se spremi za njima. Po ulicama kupili se pomalo ljudi i žurili u crkvu. Crkva bijaše već puna; gotovo u potpunoj tami vidjele se samo sjene ljudske.

"Svi su došli od običaja, ne od vjerskog osjećaja. I pijani su — baš kao i ja... Ali svejedno — ovi ljudi znaju da će biti zadovoljni radi toga što su bili na polnoćki, vidjet će u tom nešto dobro i lijepo. Ja sam jedini među svima koga amo ne vodi ništa; ni pobožnost ni veselje..."

U crkvi nije mogao da ostane dugo. Hodajući ulicom sastane mnoštvo svijeta, što je upravo izlazilo iz druge crkve gdje se polnoćka bila već svršila. Svijet je potcikivao, pjevao, trčao po snijegu. Glasovi djevojački miješali se sa pijanom pjesmom starih nadničara.

"Ovaj siromah što se je mučio čitavu godinu opio se danas u slavu Badnjaka, i to ga veseli. Viče, pjeva, sretan je. Vele da su bijednici vrijedni milosrđa. Ah, što je bijeda prema ovoj užasnoj boli duše, kakvu imam ja..."

Misleći naći drugove, pođe u gostionu. Ali tu nije bilo ni žive duše. Umoran i dršćući od zime ipak ostane i sjedne za stol u kutu.

Nitko nije dolazio da ga pita što želi. Kelnerica je brbljala na vratima kuhinje, nije pače nažgala ni svih svjetiljaka, tako da je u gostioni bilo napola tamno.

"Sam — sam — svi drugi imaju kuda da odu; ja nemam ni doma ni rođaka... I neću ni imati nikad. Pust, prazan život... ah, da se samo hoće svršiti..."

Iza ponoći stao se lokal pomalo puniti. Dođoše ljudi iz kuća da dovrše veselje. Među prvima uđe Lukačevski.

Andrijašević promrmlja pozdrav.

— Vi nešto kao da niste dobre volje? Ni meni nije sasvim dobro; odviše sam jeo kod večere, pa znam da neću moći spavati. Pozvao me predstojnik (to je bilo najnovije društvo Lukačevskoga)... Lukačevski odmah stane nabrajati jela i hvaliti inteligenciju predstojnikovu.

Đuro ga nije mogao slušati. Svaka riječ — makar nije ništa značila — parala mu mozak.

"Ah, da se samo makne od mene! Da dođe Jagan, pa da pobjegnemo kuda! Ovaj će me ubiti svojim pripovijedanjem."

— A vi i ne pijete ništa! No, na današnji dan! Eto, hoću da vas ja jednom gostim. Micika, dajte flašu astija.

— Hvala, ja neću ništa piti.

— Ah, molim vas, baš niste takav slabić, koliko ja znam.

"Bože moj, taj me muči grozno. Što bih mu kazao da ode, da me pusti na miru!"

— No eto, vino je već tu (Lukačevski je točio lagano i govorio, naslađujući se očito time što može piti jeftini šampanjac).

— Hvala, ja sam vam rekao da neću piti.

— No, valjda me nećete uvrijediti. Da vam bude lakše, kucnimo se u zdravlje gospođice Minke.

Đuro se dotakne usnama čaše.

— Zbilja vidim, ne ide vam u tek. Žao mi je. Valjda ste negdje pili što bolje?

— Ne.

— Zar niste bili pozvani danas na večeru?

— Da; — ma što vas to zanima?

— Ništa, ništa, ja nisam ni znao gdje ste bili pozvani. Dakako, nije teško pogoditi. Bili ste kod direktorovih. Lijepo, lijepo.

— A što, molim vas, velite da je to lijepo. To je, mislim, sasvim jednostavno.

— Jednostavno? (Lukačevski se nasmije). Da, zbilja je jednostavno. Vi ste kod njih često u gostima.

Andrijašević nije mogao da odgovara. Činilo mu se da Lukačevski hotice pita same gluposti, samo da ga muči.

— Lijepo, lijepo. Bit će mi drago ako se dobro svrši.

— Što se ima da svrši?

Đuro osjeti da ga spopada bijes. "Ako ne ode, uvrijedit ću ga. Ne, otići ću sam" — pomisli i pogleda kud bi brže izmaknuo van. Ali gostiona se bila sasvim napunila ljudi; svi su vikali, neki pjevali i prolijevali čaše, na ulazu svijet se tiskao.

— Oženit će vas rekne Lukačevski svojim običnim mirnim tonom.

— Što velite?

— Oženit će vas — ponovi Lukačevski glasnije. Đuri se učini da je u njegovu glasu silan rug i volja da ga muči.

— Ja neću da mi tako govorite. Ne dopuštam! — rekne Lukačevskome ravno u lice.

Ovaj ga pogleda i nasmije se.

— Pa što je na tom, Bože moj! Svagdašnja stvar. Učinit ćete kao i sto drugih. Zovu vas u goste, oženit će vas.

Andrijašević gledaše obrijano lice što se smije pred njim; učini mu se da je u tom smijehu sva poruga radi njegove vlastite slaboće, radi propadanja, radi svega što doživljuje i što trpi.

— Vi ste glupi — razumijete — glupi i bezobrazni!

— Što je vama? (Lukačevski uzmakne malo od Đure, koji je bio napola ustao i prijeteći piljio u njega). Molim vas, ne zaboravite gdje smo. Vi vičete kao da ste pijani.

— Vi ste prostak — ništarija — zlobna kukavica... Đuro istrese čitav niz psovaka. I prije nego se Lukačevski mogao da obrani, ustane i ćuši ga svom snagom po obrazu.

Nastane galama, neki digoše stolce, doleti kelner i gazda. Lukačevski stajaše blijed kao smrt u uglu i jedva uspije da progovori onima što su ga držali da ne bi skočio na Đuru:

— Pijana beštija!

Andrijaševića, kad je ćušio Lukačevskoga, zahvati omaglica. Htio je da zakorači naprijed, da digne šake — pred očima mu zasja obližnja lampa kao neko ogromno svjetlo — on zatetura i padne.

X.

Na Božić probudio se kasno. Isprva nije se ničesa sjećao, tek kasnije stale se redati sve uspomene prošle noći. Badnja večer kod direktorovih, polnoćka, prazna gostiona, Lukačevski sa svojim vinom, nagla srdžba, besvjesna, nerazumna volja da naškodi tomu čovjeku, da ga otjera od sebe, sukob s njim, nesvjestica... sve potankosti malo — pomalo izbijale mu jasno pred oči. Znao je pače kako su ga kasnije digli, otirali ga ručnikom (padnuvši bio se jako udario o ugao stola), vodili kući... I Jagana se sjećao kako je sjedio pijan, do postelje, ali ga nije tješio nego su i njemu samomu suze dolazile na oči...

"Sramotno je sve to, gadno, nedostojno... Nisam se mogao oteti da ga ne udarim... sasvim sam nemoćan, živci me ne slušaju... Ah, što će sada biti?"

O tom nije htio ni da misli. Smetalo ga sve što ga je sjećalo na to da će ovaj događaj imati posljedica, da će sam morati ustati, ići van, sramiti se ispred ljudi i bježati od njih... Isto svjetlo dana što je probijalo kroz prozor (vani bijaše sunce i vedrina), nije mogao da podnese. Zavukao se pod pokrivač, zaklopio oči i htio da ga uspava toplina. Rana na glavi pekla ga, cijelo tijelo bilo mu je kao razlomljeno, po sljepočicama sjeklo ga, a u ustima imao je okus nečega suhoga i odvratnoga.

Tako ga je našao Jagan.

— Ustani, pobratime, već su dva sata. Zar ti je zlo?

— Pusti me da ležim. Tako mi je da bih najvolio ne ustati više nikad.

— Ma što veliš? Da li te glava boli?

Jagan uzme oprezno ogledavati mjesto gdje se Đuro bio udario noćas.

— To nije ništa, proći će. Ali ti imaš moralni mamurluk, kako mi se čini. Doduše, malo jest glupa cijela stvar. I ja sam jučer bio sasvim sentimentalan; znaš da sam gotovo plakao kad su te vodili kući? Morao sam biti grdno pijan. Nesretni sveci! Da očajaš od samoće i srditosti. Milošević i ja bili smo već prije večere in cymbalis bene sonantibus... A znaš, kad dobro promislim, učinio si pravo što si ćušio onu uš. Sigurno te razljutio kakvim mudrim savjetom.

— Bio je bezobrazan; govorio mi da će me direktorovi oženiti za svoju kćer.

— I to te razljutilo? Svejedno — ćuška je ćuška. Nitko mu je ne izbriše. Nego znaš, tako se stvar ne može svršiti. On će te tužiti na vladu; a i direktor će povesti istragu. Ako pustimo da rade oni — nećemo se moći smijati na njihov račun. Je li — tebi ionako nije stalo do službe?

— Neću da danas mislim ni o čemu.

— Eh, misliti je lako; otjerat će te kao i mene. Do svršetka ljeta nema od ispita ništa; a onda pakrački dekret, pobratime. Znaš što, mi ćemo njih utjerati u strah!

— ? —

— Lukačevski je oficir u rezervi. Ti kažeš da te je uvrijedio, kako i zbilja jest, ja i Milošcvić poći ćemo k njemu i izazvati ga na dvoboj. Sasvim službeno. Preplašit će se i neće kasnije ništa učiniti proti tebi. Potpisat će pače izjavu da je on kriv.

— Radi što hoćeš, meni je svejedno. Samo me ne sili da ustanem i da odem van.

— A ti leži. Do večera proći će te glavobolja. Ja idem po Miloševića. Valjalo bi doduše obući crni kaput, ali ga nemam. Ne, bolje je u običnom odijelu; mogao bi se tko smijati da čuje kako smo u rukavicama išli. Do viđenja — i probudi se. A znaš, baš si ga masno ćušio; još je pol sata kasnije bio crven na desnom obrazu.

*

Đuro je ostao u postelji čitav dan i drugo jutro. Jagan i Milošević posjetili ga i javili da je Lukačevski primio izazov, pače da se nije ni čudio ništa, i jedino molio 24 sata odgode dok nađe svjedoke.

Jagan si je tro ruke od zadovoljstva. Bio je u svom elementu. Vječni đak, koji je živio u njegovoj duši, probudio se i uživao u tom kako će nešto učiniti baš onako da razljuti purgare. Nije ni čas mislio na to da bi za nj ili za koga drugoga taj dvoboj mogao imati neugodnih posljedica. Za budućnost nije se brinuo; bio je sa sobom načistu da se ta neće ni u kojem slučaju lijepo razviti, pa ga je veselilo što je sadašnjost tako burna i zanimljiva.

Drugi dan Božića dobije Đuro poslije podne službenu obavijest od ravnatelja, kojom ga pozivlje k sebi isto poslijepodne. Ustane i pođe, ne slušajući Jaganova savjeta; ovaj je htio da se u ovoj aferi ignoriraju svi i da se radi bez obzira na ikoga.

— Ako odeš, posvadit ćeš se i s ravnateljem, pa ću ja i njega morati ići izazvati — svršio je Jagan sa šalom.

No Đuro ipak u određeni sat zakuca na vrata ravnateljeve kancelarije.

Odmah opazi neku promjenu: ravnatelj je svoj pisaći stol bio dao pomaknuti na stranu, a u sredinu sobe smjestiti drugi, okrugli stol iz zbornice, pokrit zelenim suknom. Za tim stolom sjedio je na čelu on sam, a uza nj zdesna i slijeva Gračar i Maričić; Lukačevskomu dali su mjesto nešto podalje.

"Što je to? Neki sud, šta li?" pomisli Andrijašević. Svi ga pozdrave bez riječi.

— Izvolite sjesti, čekamo vas!

Stolac za Đuru bio je spremljen ravno nasuprot Lukačevskomu. Pogleda ovoga i opazi da je jednako miran kao uvijek. Lukačevski je gledao preda se, turivši ruke u džepove kaputa i malo se naslonivši. Andrijašević bi bio morao da gleda njega ako bi htio da se ogleda po cijeloj sobi; zato se koso smjesti prema Gračaru, i uzme zuriti kroz prozor na blatnožutu fasadu suprotne kuće.

— Čas u koji sam okupio gospodu, ozbiljan je — započne ravnatelj, vrteći pred sobom neki spis. — Da bude isključeno svako možebitno sumnjičenje kao i svaka možebitna pogreška s moje strane, bio sam tako slobodan da sam citovao i gospodu Gračara i Maričića. Oni neka budu svjedoci razgovora, vrlo ozbiljnog i važnog razgovora, koji imam s ostalom gospodom.

Ravnatelj stane. Svi se malo maknu, stolci zaškripe.

— Moram reći, gospodo, da slučaj o kom se radi, prelazi granice moga shvaćanja i moga očekivanja. Ovo što se dogodilo možda nema primjera u analima nikojeg zavoda za odgoj srednjoškolske mladeži, a sigurno nema primjera ni u povijesti zavoda u kojima sam ja dosada služio, pa ni ovoga koji je sad povjeren mojoj brizi i mojem nadzoru.

Ravnatelj opet popostane i tobože potraži nešto u svojem spisu.

— Morao sam na veliku svoju žalost doznati da se u noći od 24. na 25. ovoga mjeseca u gostioni Pod Nehajem dogodio slučaj koji nisam držao mogućim ni ja ni građanstvo grada, a sigurno ni visoka vlada kad je dvojicu od gospode učinila odgojiteljima djece ove zemlje. Ja neću ispitivati razloge i tražiti krivce; to bi me moglo svratiti s namišljenog puta i diktirati mi da bih morao povesti sasvim strogi službeni postupak i bez milosrđa odaljiti — jest, odaljiti — sa zdravog tijela ovog našeg zavoda čirove koji su se počeli javljati.

Đuro opazi na suprotnoj fasadi mokru mrlju od vlage i stane sa zanimanjem promatrati razliku boje između toga mjesta i ostaloga zida.

— Konstatujem činjenicu da su, na sablazan svih prisutnih a kasnije i ostaloga grada, gospoda pravi učitelj Lukačevski i suplent Andrijašević u spomenutoj gostioni rečenoga dana poslije ponoći, sigurno ne u trijeznom stanju —

Lukačevski se javi: — Molim —

Kasnije imat ćete pravo da govorite. Ja konstatujem da ste se porječkali u toj gostioni pred vrlo miješanom publikom, te se je tom prilikom gospodin suplent Andrijašević zaboravio tako da je svoga kolegu i druga, komu bi morao na svakom mjestu iskazivati poštovanje, uzgojitelja mladeži i starijeg druga, udario po licu.

Opet nastane stanka.

— A da čaša bude puna, da sramota ne ostane na polovici, da se glas o tom može još bolje raširiti, suplent Andrijašević se je poslije te odvratne scene postavio u pozu uvijeđenog viteza...

Andrijašević se makne i pogleda oštro ravnatelja. Ovaj odmah malo spusti glas:

— i tražio od pravog učitelja Lukačevskoga zadovoljštinu.

"Što je ovaj — nastavi Andrijašević u mislima — odmah išao javiti ravnatelju, jer se je preplašio".

— Gospoda na koju se je gospodin pravi učitelj Lukačevski obratio da mu budu svjedoci pošto je izazov primio — krivo shvaćajući svoje dužnosti kao učitelji — prijavili su mi čitavu stvar. Moja bi dužnost bila da ne govorim o tom ni riječi, nego da sa svoje strane pošaljem izvještaj visokoj vladi i prepustim njoj odluku kako će postupati naočigled ovakvog moralnog truleža koji je tim veći što se otkriva u malenom gradu gdje svaki nastavnik dvostrukom opreznošću mora paziti na svoje korake. Nisam toga učinio, jer bi kazna sa nadležnog mjesta pogodila jednako osjetljivo obojicu koja ulaze u ovu žalosnu aferu; a držim da nisu obojica jednako krivi. Svakako mogu kazati da dosada gospodin pravi učitelj Lukačevski nije nikad dao povoda ni pritužbi a kamoli sablazni.

"Aha, sad će predložiti da ga molim za oproštenje", reče u sebi Đuro.

— Za to držim da radim prema svojoj dužnosti i savjesti i da sam siguran za odobrenje svih kolega, cijelog profesorskog zbora, ako želim i zahtijevam da se počinjeno zlo po mogućnosti ispravi, da ne zahvati još gorega maha, da se još više ne sablažnjuje i grad i mladež — i da konačno ne budem prisiljen postupati uredovno u smislu stroge disciplinarne istrage. Hoću da se nađe način, kako će gospodin suplent Andrijašević svoga kolegu zamoliti da ovaj zaboravi na zadanu uvredu i prouzročeni skandal.

Nastane duža stanka. Ravnatelj je očito očekivao da će Đuro nešto reći; no ovaj je samo sumorno gledao kroz prozor, motreći kako se vani spušta rana zimska večer.

Gračar htjede da se uplete, misleći svjetovati Đuri pomirenje; ali ga Lukačevski prekine.

— Ja ne tražim da gospodin doktor Andrijašević moli od mene oproštenje.

"Oho, taj je velikodušan", pogleda ga Đuro. Oči Lukačevskoga govorile su hladnim prezirom.

— Uzet ću, i moram uzeti, da se je gospodin doktor Andrijašević nalazio u nekoj uzrujanosti koje nisam shvaćao i da ga je razdražila sama moja prisutnost. Ja nisam rekao ništa što bi ga bilo kadro uvrijediti —

"Gle, sad se pere, i govori mi da sam bio pijan. Neka mu bude. Samo da svrše tu konferenciju."

Andrijaševiću je postajalo hladno u sobi premda je bila zapaljena peć. Uzrujanost pretprošle noći učinila ga sasvim neotpornim; mučio ga umor i želja za mirom.

— Lijepo je od vas što dolazite u susret i meni i čitavom profesorskom zboru — povladi ravnatelj Lukačevskomu. Mislim da će tim prije jednako lojalno postupati i gospodin doktor Andrijašević (više nije Đuru zvao suplentom) i ispuniti želju nas svih: da se izmiri s vama, neka bi se zaboravio nemili događaj.

— Reci da pristaješ — nagne se Gračar ka Đuri, videći da ovaj još uvijek kao da nije prisutan gleda kroz prozor.

— Pristajem — ponovi Đuro poluglasno, gotovo mehanički za Gračarom.

U sobi bilo je već gotovo tamno.

Ravnatelj ustane.

— Gospoda će, naravski, morati da i vanjskim znakom dokumentiraju da je afera u noći od 24. na 25. ovoga mjeseca nastala uslijed nesporazumka koji je izravnan. Bit će najbolje ako se izabere modus da pođemo van i prošećemo se makar samo dva puta trgom; tako će se začepiti usta svemu govorkanju.

Svi poustajaše i uhvatiše šešire. Ravnatelj sasvim veseo što je tako riješio aferu (bojao se da od toga ne bude neugodnosti za njegovu buduću karijeru: ravnatelj gimnazije, u kojoj se profesori tuku, kako ćeš tu naprijed!), obuče kaput i, razgovarajući se sa Gračarom, stane zatvarati ladice. Đuro ostane kraj prozora, dok je Lukačevski govorio poluglasno s Maričićem. Izađu van, ravnatelj u sredini, s jedne strane Lukačevski, s druge Đuro, a uz ove na stranama Gračar i Maričić. Ni Lukačevski ni Đuro ne prozboriše ni riječi; ravnatelj je preko njih morao da govori s ostalom dvojicom. Prođu u tri puta preko trga uzbuđujući nemalu senzaciju — ljudi se počeli ustavljati motreći tu novost. Nitko nije znao što da sad misli o glasinama glede dvoboja koje su bile uzrujale sve.

Đuro je mahinalno šetao, okretao se na krajevima trga i vraćao pozdrave prolaznicima. U glavi nije bilo ni jedne misli. Kod trećeg zavoja reče da mora kući, pozdravi i ode.

Bilo mu je silno studeno; na dušu sjela mu neka tupost i apatija. "Kao da se to može tako svršiti. Mrzio sam ga onaj čas — udario sam ga — i sad to izmirenje! Ne mogu više ni da budem lud kako hoću — ni propasti mi ne daju".

Čitav tjedan iza toga proležao je u vrućici. Kad je ustao, bila se buka već nešto slegla; samo je u Novoj misli izišla neka tajinstvena bilješka (Jagan je tvrdio da se iz nje pozna po stilu glupost penzioniranoga učitelja) u kojoj se natucalo o ljudima što bi imali da budu vođe, pobornici slobodoumnih pokreta, a "de facto" bave se "animalno" razbijaštvom, pače i dvobojem.

*

Bolest je Đuru prilično oslabila. Postao je još razdražljiviji, tako da je jedva izdržao školu. Čim je prvi put iza bolesti ušao u razred, opazio je da ga đaci čudno gledaju i šapću o njemu. Na ulici vidio je isto: svi su ga gledali nekako znalično i — kako mu se pričinjalo — izazovno. S Lukačevskim pozdravljao se kao i ovaj s njim, ne gledajući jedan drugomu nikad u oči; ostali kolege nisu govorili s njim ionako nikad puno, no sad još manje nego prije. Đuro se plašio da ga sažaljuju ili ga drže ludim; jer se pače Gračar i Rajčić ženirali pred njim. Tako dođe da nije više ni izlazio iz kuće; tek kad bi se spustio mrak, odšuljao bi se Miloševiću i vraćao kasno u noć supijan u svoj stan.

Jedne večeri sastane ga na putu u Miloševićev stan Darinka. Đuro, nemiran i sumnjičav, pomisli odmah da nije slučajno onuda prolazila u to doba.

— Ah, vi ste, doktore! Hvala Bogu da vas vidim. Što je da vas nikud nema?

— Nisam najzdraviji.

— Ah, radi one stvari s Lukačevskim? Ne bojte se, ja i Minka znamo kako je bilo. Znate, i još je netko bio u vrućici radi toga.

— ? —

— Minka. Sirota. Morate je doći utješiti. Strašno se uzrujala radi vas. Rekla mi je da vam zahvalim.

— Na čem, molim vas?

— Ne budite preskromni. Ona zna da ste Lukačevskoga udarili jer je nju spomenuo pred vama. Zahvalna vam je za to.

— Nije tako bilo.

— Opet se prenavljate. Ma, dragi doktore, čemu? Ako se je stvar i svršila malo grubo, za to Minka uvijek jednako vjeruje u vas.

— Kakve vi to velike riječi rabite? "Vjeruje u vas!" opetova Đuro gotovo srdito.

— Pa recimo drugačije: ona se je nadala i znala da ćete braniti njenu čast.

— Tako vam Boga, ne rugajte mi se! — gotovo poviče Andrijašević. Napala ga isto onakva mržnja na sve, kakvu je osjećao u čas prije nego je udario Lukačevskoga.

— Ma, doktore dragi, što vam je? Valjda ne mislite da vas vrijeđam ako govorim o vašem čuvstvu...

— O kakvome čuvstvu? Što uopće tražite? Zašto ste me čekali tu, da me ispitujete, da mi govorite?...

— No kad već moram da budem sasvim jasna jer ne ćete da shvatite, eto vam: Minka je strašno plakala i svadila se doma sa svojima radi vas. Rekla je da neće nikoga uzeti nego vas, pa makar da je istina sve što ljudi kažu o vama.

— Kako — uzeti? — Đuru oblije topao znoj i ruke mu se zatresu.

— To jest, da se tim na stvari nije ništa promijenilo. Ona vas ljubi kao i prije, i uvjerena je da ste vi vrijedni njene ljubavi.

Đuro podigne malo pleća, kao da se hoće pripraviti na to da će ga netko udariti nečim teškim po glavi. Jedva je koračao uz Darinku.

Ova je pripovijedala dalje kako je direktor bio ljut na njega, a i direktorova žena kazala da ga neće više primiti; kako je Minka pala na koljena pred majkom i plakala, zatim bila u vrućici dva dana i napokon Darinki povjerila sve i molila je da govori s njim.

— Bože, Bože, to je strašno, užasno! Kud god dođem, ja nosim nesreću sebi i drugima!

Sasvim zaboravivši da Darinka ide uz njega, mislio je Andrijašević glasno o njenim riječima.

— Kakva ljubav! Kakva vjera! Ta ja nisam ni časak pomišljao na Minku — ona je meni tuđa kao i svaka druga djevojka! I nju sam morao ražalostiti!

Darinka ga uhvati za ruku. Stanu.

— Doktore, da li ste vi još u groznici? Vi ne znate što govorite. Išli ste k njoj, razgovarali i šalili se s mojim bijednim djetetom — zavađali je da se zaljubi u vas. Pa to smo svi znali, svi su očekivali da ćete još biti direktorov zet. Nije moguće da vi toga niste znali!

— Smilujte mi se, ne govorite o tom! Ništa, ništa, nisam znao — bio sam lud — i jesam lud, samo me pustite da budem sam — da skapam ne škodeći nikome!

— Onda vam moram reći da sam se i ja prevarila u vama. Sirota Minka! Niste se ponašali kavalirski.

Andrijašević nije slušao. Premda je bila noć, ostavio je Darinku nasred ceste i pobrzao k Miloševiću.

"Ne, ne, valja se maknuti. Kakvu ću ja još nesreću donijeti ljudima oko sebe: Siroto dijete... Ta je li zbilja moguće da je tako? Propasti, propasti, što prije — utući se alkoholom, osramotiti sam sebe, da te nitko ne gleda, da moraš bježati od svih, da možeš crknuti nepoznat i neoplakivan."

Te večeri nije mogao da podnese ni dvije čaše vina. I srce mu je tuklo naglo i jako, kao da je dugo trčao uz brijeg. Legao je na Miloševićev krevet, ne mogući da skupi snage i da ode kući. Jagan je ostao čas uza nj, dok je zadrijemao. Onda je dignuo lampu nad Đurino lice i rekao Miloševiću tiho, kao da se boji svojih riječi:

— Ovaj će najprije od nas u tminu. Na njegovu je licu napisano da će umrijeti mlad.

*

U Zagrebu, 14. siječnja 190*

Štovani gospodine!

Ustanovivši prije godinu i po s Vama neke modalitete pod kojima ste smjeli računati na obvezu moje kćeri Vere prema Vama i obratno tu obvezu ispunjavati prema njoj sa svoje strane, držao sam da ćete sve nastojanje posvetiti cilju koji ste navodno imali. Zato i nisam htio vjerovati glasinama koje su iz Senja do nas doprle, nadajući se da ćete brigom oko Vašega ispita opravdati povjerenje moje i moje supruge. Sada, međutim, doznajem da ne samo ni časa niste posvetili tomu da se pokažete vrijedni ruke naše kćeri, nego dapače tratite Vaše vrijeme u sumnjivim zabavama. Kruna svih Vaših djela bio je neki dvoboj, i to radi jedne djevojke u Vašem sadašnjem boravištu. Shvatit ćete da poslije toga ne možete ni sa strane naše ni sa strane naše kćeri iščekivati nikakvih obzira, pošto je stvar javljena od posve pouzdane osobe, a bila je i predmetom izvješća kod vlade, kako sam se uvjerio. Premda je po mom mnijenju i ovu suvišno, vraćam Vam na izričitu želju moje kćeri Vaša pisma i tražim od Vas u njezino ime da to isto učinite sa svim uspomenama koje od nje posjedujete. Vašu obvezu izvolite smatrati riješenom.

Sa štovanjem

Ivan Hrabar

./. Uz pošiljku.

Đuro je čitao polako, bez začuđenja, riječ po riječ.

"I to se imalo svršiti... dakako... Sve, sve treba da padne, da nestane: jedno za drugim".

Mahne rukom, kao da zbilja od sebe odaljuje jedan dio prošlosti. Pogled mu padne na paket na kojem je Hrabar svojom rukom napisao adresu.

"Gle, u tom je napisan jedan lijepi dio moga života... A sada ne proživljujem više ni onaj gorki i žalosni; došlo je vrijeme jednakog, sigurnog očajanja. Priprava na konac. Da, svršit ćemo".

"Samo ne smijem ostati sam".

Sjeti se da je u bolesti iza afere s Lukačevskim češće znao promatrati kvaku na stropu na kojoj je prije bila obješena velika lampa, a sad je ostala gola, zloslutna.

I bacivši pismo pođe k Jaganu. Taj je spavao poslije objeda.

— Ustaj, idemo piti. Imam da zapijem nešto teško.

— A, ti si opet sentimentalan. Dobro — samo kuda ići? Kod Miloševića nema više vina; a drugdje ne daju na kredu. Odviše smo dužni. Čekaj, čekaj — ha, vidiš, uvijek se čovjek sjeti kad misli: idemo k Frani.

Frane je krčmar izvan grada na sunčanom brežuljku, ravno nad morem.

— Zima je, doduše, pa se ne može vani sjediti; unutra nema prostora; no Frane će dati na vjeru.

....

....

....

Kasno navečer, omamljen, jedva se držeći na nogama, izađe Andrijašević iz male i zadimljene sobice. Vani bijaše tiha, sveta noć. More je mirno šumilo, razbijajući se u sitnim valićima u uvali.

"Šapćeš, zoveš me, je li? Ne boj se, nećeš dugo čekati. Doći ću, doći".

Kao da govori živom stvoru, digne glavu prema moru; iz spokojnog šuma jasno je čuo poziv svršetka, posljednje propasti, smrti.

XI.

"Ta cio život, cio svijet, sanak je samo, sanak lijep..." — pjevaše Jagan promuklo, visoko držeći čašu.

U krčmi Talijana, koji je prije tri tjedna u starom magazinu kraj obale stao točiti vino, nije bilo nikoga osim Đure i njega. Po danu dolazili su Talijanu na skok mjerači lijesa, mešetari i druga čeljad što se vrze po poslu uz more. Noću nije nikad bilo gosti; Talijanov lokal nije bio ni uređen za bolju publiku. Niska, tmična soba navečer bijaše slabo rasvijetljena. Polovicu su prostora zauzimale bačve; ogledalo u kutu i dvije slike iz vojnâ Radetzkoga bile su sav ures. Talijan bio je nov krčmar i htio da pribavi goste, pa je rado davao na vjeru. Zato su se u njegovoj "gostioni" utaborili, kako je govorio Jagan, Đuro i on.

— Pepa, još jednu!

Raskuštrana djevojka đavoljih očiju i napola otkritih prsiju donese novu litru.

— Kud bježiš, sjedni malo uz nas!

Pepa odmah posluša i sjedne ravno na krilo Andrijaševiću. Talijan nije bio strog sa svojom služinčadi, a "suhi doktor" ušao je u volju djevojci koja je, prije nego je postala "kelnerica" kod Talijana, prala suđe i dvorila u najgorim krčmicama uskih ulica grada.

— Pij, Pepa! To ti je ionako jedino u čem još ima nešto pametno!

— Piti i ljubiti, a? — nasmije se Pepa zvonko i pritisne svojom nogom Đurinu.

— Ljubiti ne vrijedi. Ne isplati se — filozofirao Jagan. Vino je bolje od žene; kušaš ga, i ako ti se ne sviđa, izbaciš; a žena ti sjedne na vrat. U vinu je ljepota i omama — treća litra otkriva ti cijeli Muhamedov raj. U vinu je sloboda, jer te ne veže ni o što. A ljubav — do vraga! — od toga zaboli i srce i glava. Ljubiti se može samo Pepu i žene što su kao ona; ne traže ništa nego čas.

— Tako je, živjela Pepa!

Djevojka cmokne masno Andrijaševića.

— Doktore, golube, opet ćeš se opiti. Ne lijevaj toliko u se.

— Pusti mu bar to, curo, — naljuti se Jagan. Mi drugo i ne zahtijevamo, je li Đukane?

— Pogledajte se samo u zrcalo kakvi ste! — oči vam se svijetle kao mačku — rugala se Pepa.

— Krasan sam! Pravi tip čovjeka koji je načistu sa samim sobom — hvalio se Jagan porugljivo, promatrajući se u ogledalu. A vas dvoje baš ste lijepi u zrcalu; kao da vas je tko naslikao. Ima u ovoj krčmetini nešto šekspirsko.

Pepa se okrene prema zrcalu, a s njom i Andrijašević. Nije mogao dugo gledati svoju sliku. Vlastite oči zurile su u nj iz stakla ispite, bez izraza; crveno, nabuhlo lice, okruženo raskuštranom, neurednom, davno nestriženom bradom, imalo je vid kao u teško bolesnog čovjeka.

— Eh, negda smo bili ljepši, — vrati se Jagan k stolu. Đukane, da li tebi kad dođe na um vrijeme kad smo mi još svaki dan mijenjali manšete?

— Pij, ne filozofiraj — razljutit ćeš me.

— A da, ti si još prošlog ljeta pazio na to. A ja već tri godine ne znam da valja mijenjati košulju ni svaki tjedan. Imao je pravo onaj Englez što se ubio radi dosadnog svlačenja i oblačenja. A kakva je u tebe košulja, Pepa?

— Prste k sebi, razbojniče! — udari ga djevojka lako po ruci. To je samo za moga doktora — i privine se usko uz Đuru.

Ovaj uzdahne.

— Ti si zbilja još jedino što mi ostaje. Pijmo!

— Opijajmo se vinom, ljubavlju, ljepotom — stane Jagan deklamovati stihove Baudelaireove.

Talijan zazove Pepu u kuhinju.

— Prošlo je već preko pol sata da se nitko nije javio za riječ; javljam se ja, i molim da me slavno društvo sluša — digne Jagan čašu. Napijam u zdravlje najkrasnijega od svih doktora i njegove jedine prave ljubavi, naše vile, Pepe! Živjeli!

Đuro iskapi nadušak.

— Pusti ljubav — što ti je to danas uvijek na jeziku.

— Oh, smetam te u kakvoj uspomeni? Oprosti. I ja sam sentimentalan; ljuti me ta Miloševićeva bolest. Pljuje krv, kao da je plaćen za to. Vidiš, on će prvi svršiti. Onda dolazimo mi na red. "Dva krasna cvijeta ko usred maja" — haha! Što je od Minke? Ti već ne ideš k njezinima?

— Ne idem!

— No govori nešto, zaboga; ja sam moram da brbljam cijelo vrijeme. Što te napalo? Andrijašević izvadi iz džepa omot.

— Na, čitaj.

— Vera Hrabar — Tito pl. Ljubojević — vjenčani. Tko je to?

— Moja zaručnica.

— Bravo, to je prekrasno. A kad je svadba?

— Ne muči me.

— Bilo bi baš zgodno da je danas. Ja bih držao govor u slavu toga; a na koncu bismo tebe za šalu zaručili s Pepom. Svemu ti je uvijek žena kriva. Neki Švaba izmislio je ko luda koka lijepu riječ: Er ist ein Dichter stets und hängt am Weibe. Ali to ne vrijedi za Švabu. On pije pivo i rađa djecu. Nas Slavene ubija žena; baš visimo o njoj ko bršljan o deblu. Ej, Pepa! Dođi, da nam ne proplače vitez...

Držeći se za ruke da ne padnu, izvukli se Jagan i Đuro iz Talijanove krčme. Sasvim ih ostavila svijest; jedino su imali još snage da mehanično zakopčaju kapute i vuku se naprijed. Travanjska noć bijaše topla, suha. Kiša koja je padala posljednjih dana, prestala; ulica se osušila od južnog vjetra. Na moru bijaše silno jugo — negdje iz ogromne daljine dolazili valovi, površina dizala se više od obične plime, prelazila razinu obale i zalijevala prolaz. Kao da se razbjesnjelo i htjelo progutati kuće na dohvatu, zaletavalo se more i odnosilo prašinu i smeće sa ceste. Zrak je bio pun teškog, neugodnog mirisa.

— Fuj, to zalijeva kao da nas hoće progutati! — stisne se Jagan uz prijatelja.

Prođu mimo gata što je usred luke. Uz gat napravljene su kose, popločane udubine na koje se mogu izvući lađice za potrebu. Tu nije vala razbijala kamena obala; on se široko razlijevao i činio ogromnu kaljužu.

Andrijašević stane i zagleda se u val koji je bio dopro gotovo do njegovih nogu.

— Što čekaš? — upita Jagan.

— Vidiš kako zove! — promuca muklo Đuro.

Nije mogao da pravo kaže što misli; pleo mu se jezik, a u mozgu živjela je samo slutnja nečega teškoga što ipak valja učiniti.

— Sasvim polako moglo bi se danas u more — rekne šapćući, zakorači i nađe se na skliskom tlu kosine.

— Stani, kuda ćeš!

Ali Đuro se nije dao ustaviti. Jagan, teturajući, pokuša ga držati za kaput, no val ih zalije obojicu do vrata i povuče korak za sobom.

— U pomoć! — zaviče najednom Jagan, osjetivši da mu pod nogama nestaje tla.

Dotrčaše dva financijalna stražara i piloti, i s mukom izvukoše ih na suho.

Andrijašević bio je kao u magli, niti je osjećao mokrine niti čuo Jaganovih psovaka.

Ovaj se bio učas rastrijeznio.

— Baš smo uspjeli! Kud ćemo sad ovako mokri? Začas će zora. Ako nas uhvati dan, bit će lijepa parada. U gradu će se sutra djeca smijati za nama. Nećemo u grad. Idemo kuda van.

Đuro pođe za njim bez misli. Ukrcaju se na parobrod što je za čas odlazio put Rijeke i odu do prvog stajališta.

*

Vi se niste mogli tužiti na mene glede moga postupka prema vama — govorio je ravnatelj Đuri, stojeći i uprto gledajući u nj. Zatvorio sam i jedno, a i oba oka, odbijajući mnogo toga na vašu mladost i vašu pjesničku narav.

"Govori, govori samo — svejedno je što brbljaš" — mislio je Đuro, gledajući neodređenim pogledom preda se.

— No ova posljednja stvar ne da se ni ispričati ni oprostiti. U pijanom stanju — naravno s jednim kolegom koji na žalost spada u naš zavod, ali, nadam se, neće dugo — u pijanom stanju skoro ste se utopili prekjučer. Jučer vas nije bilo u školi — niste se ispričali, pače vas nije bilo u gradu!

"Govori! govori koliko hoćeš — to sve nema smisla."

— Zar nema u vas stida? Stida pred građanima, pred mladeži koja lako doznaje za vaše čine? Došli ste amo prije dvije godine; ja sam se od vas mnogomu nadao... ravnatelj stane nizati čitav niz opomena i savjeta.

"Ah, što ga ja slušam! Bilo bi najpametnije otići i ostaviti ga. Ionako je svejedno, danas ili sutra — otjerat će nas, veli Jagan."

— Bili ste mladić inteligentan, naobražen, miran, uredan...

"Taj meni drži pogrebni govor; a ja tu živ stojim pred njim."

... ukratko; sada sam prisiljen da postupam sa svom strogošću: podjeljujem vam službeni ukor koji će biti prijavljen na nadležno mjesto.

"Samo me pusti da odem! ne muči me — podjeljuj ukore, ali mi ne kidaj živaca!!"

— Nadam se da ćete ovaj ukor ozbiljno shvatiti i misliti na posljedice. Premda sam prisiljen latiti se ovog strogog sredstva koje je jedno od najzadnjih, upamtite, najzadnjih, računam na to da ćete se popraviti.

"Ako ne prestane, ja ću pobjeći. Ne mogu da ga slušam — izgubit ću hladnokrvnost.

— Svi mi zabrinuti smo za vaš napredak. Zašto se ne pripravljate za ispit? Rok vam je blizu; a znate koji vam je uvjet postavila visoka vlada kad vas je imenovala suplentom. Ostavite se svoga druga koji vas zavodi i koji je za vas najgore društvo; svi ćemo vam biti na ruku da se uzdržite u svom zvanju, da napredujete...

Andrijašević osjeti bijes u sebi i volju da nešto razbije. Oči mu se zaliju krvlju i suzama.

— Vi, vi ćete pomoći! Vi ste krivi što ste me ubili, uništili, — vi — i vama slični! — zaviče dignuvši ruku drhtavo, gotovo u plaču.

Ravnatelja opale njegove bolne, upale oči, sjeti se sukoba s Lukačevskim i uzmakne za korak natrag.

Andrijašević opazi u crtama ravnateljeva lica strah. Ogroman prezir i samilost u isti mah ispuni mu svu nutrinu.

Suze mu poteku niz lice; cijelo mu je tijelo drhtalo.

— Ne boj se, ne — neću ti ja ništa. Maknut ću se ja sâm — otići ću — pobjeći sâm — reče polako. I jedva se dovuče do vrta.

*

Žega je ovoga ljeta bila strahovita. Sunce nije dalo ljudima ni da rade ni da se kreću. Kupanje i šetnja u kasnu večer bijahu jedini lijek u uspavljujućoj omari.

Sa svim tim Andrijašević nije izlazio danju iz svoje sobe. Stidio se i bojao ljudi. Sjećao se kako su se svi pomalo odbili od njega; kako napokon ni Gračar nije htio da govori s njim, srdeći se što mora za nj neprestano suplirati. Pod kraj godine nije ni išao u školu svaki dan; orgije sa Jaganom svršavale se često u zoru, a pokoji put izvan grada, kuda su bježali njih dva da ne moraju po svjetlu zore teturajući tražiti kuću. Javljao se bolesnim i krišom išao uvečer k Talijanu.

Kod kuće mučili ga vjerovnici. Prijašnja gazdarica, kojoj je ostao dužan dva mjeseca, tražila ga svaki tjedan. Privikao se na to da ga psuje na stubama, pred služinčadi. Na vjeru nije više nitko davao ništa; cipele mu bijahu poderane, a na hlačama visile su zamazane niti na rubovima. Rublje se bilo izderalo, a nešto je zaplijenila i prijašnja gazdarica; na odijelo nije ni mislio.

Isti Talijan otkazao mu veresiju kad je doznao da su Jagana otpustili od službe. Valjalo je jesti, i Đuro nađe krčmicu ispod svoga stana gdje se sastajalo društvo nižega soja. Tu je sjedio navečer bilo s kim, sa gradskim pisarima, paziteljima daća i propitim ljudima, za koje se nije znalo od čega žive.

Jagan je pod kraj školske godine otišao k nekim rođacima da potraži drugo zvanje. Na rastanku bilo je obojici teško oko srca. Andrijašević je poslije toga ostao sam — tako sam, da mu se činilo kao da je zatvoren u tamnici iz koje će ga jedino izvući — na stratište.

Na Veru mislio je rijetko, vrlo rijetko. Gdjekad došlo bi mu na um, što je sve ona morala pretrpjeti radi njega prije nego je pošla za drugoga; — ali uvjerenje o sudbini, koja ga je nefaljeno stigla i kojoj nije sam kriv, nije mu dalo da se kaje i da žali za izgubljenim životom.

Opijanje postalo mu fizičkom potrebom. Jeo je jedva toliko koliko je dosta djetetu; ali navečer nije mogao da spava ako bi došao kući trijezan. U takve večeri progonile bi ga strašne misli; bježao je od ljudi, ali nije mogao pobjeći od sebe samoga. Zato se omamljivao i u praznicima iza svršetka godine živio u vječitoj omaglici.

Događalo bi se da bi čitavu noć ostao u krčmi i drugi dan sve do objeda. Kući nije htio da ide jer se bojao da neće zaspati od uzrujanosti i nemira (živci bili su već sasvim slabi, ruke osušile se i drhtale). Ostajao bi i poslije podne uz vino, vraćao se kući kasno u noć. Ali ni alkohol nije često mogao da svlada živčane napetosti; Đuro bi legao u krevet i uzalud nastojao da zaspi. Svaki šuštaj zabolio bi ga, kao da ga je netko bocnuo u mozak; gdjekad činilo bi mu se da je netko drugi uza nj u sobi.

Svjetiljka je morala gorjeti čitavu noć. Da se umiri, uzeo bi knjigu i napeo sve sile da prati slova. Ali riječi nisu imale smisla, a kad god bi okrenuo stranicu, stresao bi se, misleći da je nečiji obraz na novoj strani. Znao je jasno da je sve to halucinacija; ali badava — slike su se dizale iz kutova: ljudi živi i jasni, koji su se maknuli tek načas kad bi zatvorio oči, da odmah zatim izmile na drugom zidu, na podnožju postelje, u udubini prozora. Događalo bi se da je sate i sate trajala ta borba s halucinacijama; bio je kraj toga ipak napola pri svijesti i znao da će poludjeti ako povjeruje u realnost tih prikaza. Bojao se toga i u takvim noćima govorio glasno sam sebi da je sve to obmana — samo da ne popusti bolesnom mozgu; — ali lica poznatih osoba, pače literarnih ličnosti, stupala su jednako živo pred njega, koji se otimao njihovom zapovjednom, porugljivom pogledu.

Jedne noći učinilo mu se da je na podnožju postelje Milošević, polumrtav, sa krvavim mrljama na obrazu, i da mu govori. Čuo je jasno sipljiv, bolesni njegov glas. Tu ga ostavi zadnji trunak svijesti za koji se je uvijek borio da ga zadrži, misleći da poslije toga dolazi ludilo — i stade vikati u pomoć. Njegova stanodavka preplaši se nasmrt našavši ga gdje se napola gol, u krpama (nije već davno imao ni jedne cijele košulje), stisnuo za postelju, kleknuo na tlo i, zureći luđački u svjetiljku, digao ruke proti nečemu nevidljivomu...

Iza te noći ležao je dva dana. Treći dan budne mu gore; nije mogao da izdrži bez vina; i premda se jedva držao na nogama, otiđe u krčmu.

Tako proživi mjesec dana, bojeći se da će poludjeti i ubijajući taj strah svagdašnjim besvjesnim pijanstvom. Koncem ferija dobije od ravnateljstva gimnazije službenu obavijest da je visoka kr. zem. vlada obnašla riješiti ga službe namjesnog učitelja u kr. realnoj gimnaziji u Senju, pošto nije udovoljio propisima glede profesorskog ispita, prema naredbi od dana x. g. x.

XII.

....
....
....

*

Toša!

Ne zovem te ni milim ni dragim; čini mi se smiješno da ti mećem takav naslov u ovom pismu, posljednjem što ga pišem.

Da, posljednjem. Moj je život ražalošćivao ljude oko mene i bio im na smetnju. Moja smrt ražalostit će tebe.

Ali mora da bude. Valja svršiti — umiriti se — zauvijek —

Mogao bih se ispričavati pred tobom — opisivati svoj život. Nemam snage — nestaje mi sjećanja — i teško mi je.

Reći ću ti samo ovo, da znaš kako sam svršio: bio sam propao sasvim, bez spasa. Svadio se sa svim ljudima, bježao od njih i stidio ih se. Mučili su me kao Krista, ispili mi krv.

Opijao sam se, da ne moram misliti na sebe; postao sam propalica, da mogu pobjeći od života. I Vera se udala —

Ali, što da ti o tom svemu pišem. Ovo zadnje čuj: otpustili su me od službe prije dva tjedna. Ostao sam sâm, bez pomoći, u magli. Sjedio sam u krčmici i znao da mi od milosti daju jesti i piti; jer nisam imao nade da ću moći platiti. Čekao sam. Opijao se i čekao. Svršetak. Smrt.

Jučer su me otjerali odanle. Nisu mi dali piti. Imaju pravo. Što da smetam ljudima i dalje?

I otišao sam. Uzeo sam sa sobom samo par araka papira, komade svoga dnevnika — to su ti ove bilješke. Vidjet ćeš što sam pisao onda kod tebe u Zdencima i kasnije u Senju.

Ne znam, zašto ti to šaljem. Možda zato, da još malo prevarim sebe kako sam negda bolji bio, da mi moja smrt ne izgleda tako strašna, kako zbilja jest.

Pobjegao sam iz Senja. Otišao sam pješke, cestom, po noći, po kiši. More me je zvalo; no nisam ga poslušao odmah; smrt nije laka.

Sad vidim — treba umrijeti. Dolutao sam amo danas, ne znam u koji sat. Stisnuo se u ovu krčmu gdje ti pišem. Čudno me gledaju. Ali morio me je glad i želudac mi je gorio. Imam još srebrna puceta na manšetama; tim ću platiti. Ah, pa da me i bace van — svejedno, što je stalo čovjeku koji ide u smrt?

Ali moram piti — treba snage za smrt. Samo da me ne počnu progoniti prikaze. Dršćem — hoćeš li ti moći pročitati ovo?

Gadan, tužan bio je moj život. A tko je kriv?

Mislio sam o tom — i nisam riješio zagonetke. Je li moj odgoj, što su me učinili pjesnikom i literatom i dali mi zahtjeve kojih život nije mogao ispuniti? Je li ljubav za Veru koja se nije mogla dobro svršiti radi bijede i siromaštva moje službe? Jesu li ljudi oko mene — taj mali grad, zloban i sitničav? Je li alkohol, sanjarenje, slabost živaca, bolest duše?

Ne znam, ne znam. Samo ćutim: valja svršiti. Valja pobjeći dokraja — uteći iz toga života gadnoga, sramotnoga.

Vidiš: čini mi se da sam ja uvijek bježao sam od života i od ljudi. Nikad se nisam opro — uvijek sam se maknuo na stranu. A kad sam došao u dodir s ovim životom naših ljudi, životom u bijedi i u sitnim prilikama, bježao sam od njih. Bježao sam i od sebe, ne hoteći vidjeti kako propadam; opijajući se, samo čekajući konac.

Idem. Vani je noć — i nitko me neće vidjeti. Kao zločinac imam i ja još jednu želju prije smrti: da popušim cigaretu — ali stidim se zvati da mi ne bi odmah donesli račun. Bacit ću im puceta naglo i otići.

Čujem more kako šumi. Zove me, kasno je.

Zdravo, Toša! Budi veseo i sretan. Ako imaš sina, ne pričaj mu o meni.

Đuro

(Na dnu pisma slova bijahu razvučena, izdrta očito od suza. Toša je došao poslije tri dana u Novi da pokopa prijatelja. Ali lešine mu nigdje nisu našli, valjda ju je bura odnijela prijeko u strani kraj.)

U Trstu, krajem januara 1909.

Milutin Cihlar Nehajev

Milutin Cihlar Nehajev rodio se u Senju 1880. Pučku školu i gimnaziju do šestog razreda pohađao je u Senju a završio u Zagrebu. Studirao je kemiju u Beču. Doktorirao je filozofiju 1903. godine u Beču. Radio je kao profesor u Zadru, gdje je 1905. godine pokrenuo list Lovor, a zatim u uredništvu časopisa Obzor u Zagrebu (1905.) i Balkan u Trstu (1907.). Kao novinar radio je u Jutarnjem listu, Obzoru i Agramer Tagblattu, a bio je i dopisnik iz Pariza, Beograda i Praga. Godine 1909. bio je asistent zemaljskog agrikulturnog zavoda u Križevcima. Godine 1912. vjenčao se s Paulom rođenom Vuksan s kojom je imao troje djece. Godine 1926. bio je izabran za predsjednika Društva hrvatskih književnika. Umro je u Zagrebu 1931.

Nehajev je jedan od najznačajnih predstavnika književnosti hrvatske moderne. Pisao je romane, pripovijesti, novele te drame (Život, Spasitelj, Klupa na mjesečini) od kojih su dvije drame, Prielom i Svijećica, izvedene 1898. godine u Hrvatskom narodnom kazalištu.

U mladosti je pisao pjesme i već sa šesnaest godina napisao je odu Senju gradu završavajući je sa stihovima:"Dok god bude Nehaja i Senja, Vijat će se u njem stieg hrvatski!" Veliki uspjeh postigao je novelama sakupljenim u zbirci Veliki grad u kojima fiksira moderne dekadentne intelektualce koji ne nalaze smisla u životu, nego se pasivno prepuštaju snatrenjima i lamentacijama. Povijesnoj tematici okrenuo se u romanu Vuci u kojem je interpretirao događaje iz hrvatske prošlosti i dao psihološki portret kneza krčkoga, senjskog i modruškog Krste Frankopana, a napisao ga je u spomen 400. obljetnice njegove smrti. Roman je najzanimljiviji s književnoteorijskoga gledišta jer se upravo u njemu rastače šenoinska struktura povijesnoga romana i nagovještava dvadesetostoljetni tzv. novopovijesni roman.

Njegov roman Bijeg karakterizira izrazira defabularizacija i pripovijedanje u tri tipa narativnog diskursa. Često ga izdvajaju kao najbolji roman hrvatske moderne.

Manufactured by Amazon.ca
Bolton, ON